KB183071

신의 아이들은 모두 춤춘다

神の子どもたちはみな踊る

신의 아이들은

모두 춤춘다

무라카미 하루키

연작소설

김유곤 옮김

문학사상

차례

"리자, 어제는 도대체 무엇이 있었을까?"

"있었던 일이 있었지 뭐."

"그건 가혹하다. 너무나도 잔혹하다."

— 도스토옙스키, 『악령』에서

라디오 뉴스: 미군도 수많은 전사자를 냈지만,
베트콩 측도 115명이 전사했습니다.

여자: 무명無名이란 참 무섭지?
남자: 뭐라고?
여자: 게릴라가 115명 전사했다는 것만으로는
아무것도 알 수 없지 않아? 한 사람 한 사람에 관한 일은
무엇 하나 아는 게 없는 상태지. 아내나 아이가 있었는지,
연극보다 영화를 더 좋아했었는지 전혀 모르잖아.
그저 115명이 전사했다는 것 말고는….

— 장뤼크 고다르, 「미치광이 피에로」에서

UFO가
구시로에
내리다

◐

닷새 동안 그녀는 온종일 텔레비전 앞에서 시간을 보냈다. 은행과 병원 빌딩이 무너져 내리고, 상점가가 불길에 휩싸이고, 철도와 고속도로가 끊어져 내린 풍경을 그냥 잠자코 노려보고 있었다. 소파에 몸을 깊숙이 파묻고, 입을 굳게 다물고는 고무라가 말을 걸어도 대답하지 않았다. 머리를 흔들거나 고개를 끄덕이지도 않았다. 자기 목소리가 그녀의 귀에 들리는지 어떤지조차 알 수 없었다.

아내는 야마가타현 출신으로 고무라가 아는 한, 고베 근교에는 친척이나 친지가 한 사람도 없었다. 그런데도 아침부터 밤중까지 텔레비전 앞을 떠날 줄을 몰랐다. 적어도 그가 보고 있는 앞에서는 아무것도 먹거나 마시지 않았다. 화장실도 가지 않았다. 이따금 리모컨의 버튼을 눌러 텔레비전 채널을 바꾸는 것 외에는 몸 하나 까딱하지 않았다.

고무라는 손수 빵을 구워 먹고 커피를 마시고 출근했다.

직장에서 돌아오면 아내는 아침과 똑같은 자세로 텔레비전 앞에 앉아 있었다. 그는 하는 수 없이 냉장고 안에 있는 것들로 간단한 저녁을 만들어 혼자서 먹었다. 그가 잠자리에 들어갈 때도 그녀는 계속 심야 뉴스가 흘러나오는 텔레비전 화면을 노려보고 있었다. 침묵의 석벽이 그 주위에 둘러쳐져 있었다. 그는 체념하고 말을 거는 것조차 포기해버렸다.

닷새 후인 일요일, 고무라가 평소와 같은 시각에 일을 마치고 돌아왔을 때, 아내의 모습은 사라지고 없었다.

고무라는 아키하바라에 있는 꽤 전통 있는 오디오기기 전문점에서 세일즈맨으로 일하고 있었다. 그가 취급하는 건 '하이엔드' 상품으로, 한 대를 팔면 그만큼의 커미션이 급료에 가산되어 나왔다. 고객으로는 의사나 부유한 자영업자, 지방 유지들이 많았다. 그 일을 8년 가까이 계속해왔는데, 수입은 처음부터 나쁘지 않았다. 경제가 활기를 띠고 땅값이 상승해서 일본 전국에 돈이 넘쳐나고 있었다. 누구의 지갑에나 1만 엔짜리 지폐가 빽빽이 차 있어서, 모두들 돈을 있는 대로 몽땅 쓰고 싶어 하는 것처럼 보였다. 상품은 값비싼 것부터 차례대로 팔려나갔다.

호리호리한 몸매에 키가 큰 고무라는 옷을 잘 입고 붙임성도 있어서 결혼하기 전에는 꽤 많은 여자들과 사귀었다.

그러나 스물여섯 살 때 결혼하고 나서는, 팽팽하던 성적 욕망이 이상할 정도로 깨끗이 사라져버리고 말았다. 결혼한 이후로 5년 동안, 그는 아내 이외의 여자와 잔 적이 없었다. 기회가 없었던 건 아니다. 하지만 그는 가볍고 일시적인 남녀 관계에는 '전혀'라고 해도 좋을 만큼 흥미를 가질 수 없게 되었다. 그보다는 집에 일찍 들어가서 아내와 느긋하게 식사하고, 소파에 앉아 도란도란 얘기를 나누고, 그러고 나서 잠자리에 들어 섹스를 하고 싶었다. 그것이 바로 그가 바라는 것이었다.

고무라가 결혼했을 때, 그의 친구와 회사 동료들은 반응은 약간씩 달랐지만 모두 한결같이 고개를 갸우뚱거렸다. 고무라가 단정하고 시원스러운 외모를 가진 데 비해, 아내의 외모는 정말 평범하기 짝이 없었기 때문이다. 외모뿐만 아니라 성격 또한 특별히 매력적이라고는 할 수 없었다. 말수가 적고, 언제나 부루퉁한 얼굴을 하고 있었다. 몸집이 작고 팔뚝이 굵어서 꽤나 둔하게 보이기까지 했다.

하지만 고무라는—그 이유는 자신도 정확히 알지 못했지만—한 지붕 아래서 아내와 둘이 있으면 긴장이 풀어져 편하고 느긋한 기분이 될 수 있었다. 밤에는 편안하게 잠을 즐길 수 있었다. 이전처럼 기묘한 꿈 때문에 잠을 청하지 못하는 일도 없어졌다. 발기는 단단했고 섹스는 친밀했다. 죽음이나 성병이나 우주의 무한함에 대해 걱정하는 일도 없어졌다.

반면 아내는 도쿄에서의 답답한 도시 생활을 싫어했고, 고향인 야마가타로 돌아가고 싶어 했다. 그곳에 있는 부모와 두 언니를 언제나 그리워했으며, 그리움이 커지면 혼자서 친정으로 떠나곤 했다. 그녀의 친정은 여관을 경영하고 있어서 유복했고, 그녀의 아버지는 막내딸을 애지중지했기 때문에, 왕복 차비 정도는 기꺼이 내줬다. 고무라가 직장에서 돌아왔을 때 아내 모습은 보이지 않고, 얼마 동안 친정에 가 있겠다는 메모지만 부엌 식탁 위에 달랑 남겨져 있는 일이 지금까지 여러 차례 있었다. 그럴 때도 고무라는 불평 한 번 하지 않았다. 다만 잠자코 그녀가 돌아오기만을 기다릴 뿐이었다. 일주일이나 열흘 정도 지나면, 아내는 밝은 얼굴로 돌아왔다.

그런데 지진이 일어난 지 닷새 후에 그녀가 집을 나갔을 때 남긴 편지에는 "두 번 다시 여기로 돌아올 생각은 조금도 없어요"라고 쓰여 있었다. 거기에는 왜 그녀가 고무라와 함께 살고 싶지 않은지, 그 이유가 간결하고 명확하게 쓰여 있었다.

"문제는 당신이 나한테 아무것도 주지 않는다는 거예요. 좀 더 정확히 말하면, 당신의 내부에는 나한테 주어야 할 게 아무것도 없단 말이에요. 당신은 다정하고 친절하고 멋있지만, 당신과의 생활은 마치 공기 덩어리와 함께 살고 있는 것 같아요. 물론 그건 당신만의 책임만은 아니에요. 당신을 좋아하게 될 여성은 많이 있을 거예요. 전화도 걸지 마세요. 남아 있는 내 짐은 모두 처분해주세요."

아내는 그렇게 썼지만, 집에는 거의 아무것도 남아 있지 않았다. 그녀의 옷도, 구두도, 양산도, 커피 머그잔도, 헤어드라이어도 모두 없었다. 고무라가 출근한 뒤, 택배 같은 것을 이용해서 짐을 보낸 모양이었다. '그녀의 것' 중에서 집에 남아 있는 것이라곤 쇼핑용 자전거와 몇 권의 책뿐이었다. CD 장식장에 있던 비틀스와 빌 에번스 앨범이 대부분 사라졌는데, 그건 고무라가 독신일 때부터 수집한 것이었다.

그는 이튿날, 야마가타에 있는 아내의 친정에 전화를 걸었다. 장모가 받아서, 딸아이는 자네와 얘기하고 싶어 하지 않는다고 전했다. 장모는 좀 미안하다는 투로 말했다. 그리고 나중에 이혼 서류를 우송할 테니 인감도장을 찍어서 가능한 한 빨리 반송해달라고 했다.

하지만 중요한 사안이니 조금 더 생각하게 해달라고 고무라는 말했다.

"자네가 아무리 생각해봤자, 달라질 건 아무것도 없을 거라고 생각하네"라고 장모는 말했다.

고무라 역시 아마도 그럴 거라고 생각했다. 아무리 기다려봤자, 아무리 생각해봤자, 상황은 결코 옛날로 돌아가지 않을 것이다. 그는 그 사실을 잘 알고 있었다.

이혼 서류에 인감도장을 찍어 돌려보낸 지 얼마 후에, 고무라는 일주일간의 유급 휴가를 얻었다. 그의 상사는 사정을 대충 들어서 알고 있었고, 2월은 어차피 한가한 시기이기 때문에, 잔소리 한 번 하지 않고 허락해줬다. 뭔가 말하고 싶은 얼굴이었지만 말하지 않았다.

"고무라 씨, 휴가를 얻었다는 얘길 들었는데, 뭐 하실 거예요?" 동료인 사사키가 점심시간에 찾아와서 물었다.

"글쎄, 뭘 할까?"

사사키는 고무라보다 세 살 아래로 미혼이었다. 왜소한 체구에 머리카락이 짧고 둥근 금속 테 안경을 썼다. 말 많고 고집이 센 구석이 있어서 싫어하는 사람이 많지만, 대범한 성격인 고무라와는 궁합이 그다지 나쁘지 않았다.

"모처럼 얻은 휴가인데 느긋하게 여행이라도 하면 좋지 않을까요?"

"응" 하고 고무라는 말했다.

사사키가 손수건으로 안경 렌즈를 문질러 닦은 다음, 분위기를 살피듯 고무라의 얼굴을 쳐다봤다.

"고무라 씨, 홋카이도에 가본 적 있으세요?"

"아니" 하고 고무라는 대답했다.

"가볼 생각 없으세요?"

"왜?"

사사키가 눈을 가늘게 뜨고 헛기침을 했다. "실은, 구시로로 보내고 싶은 작은 짐이 하나 있어요. 그걸 고무라 씨가 가져다주면 좋을 것 같아서요. 그렇게만 해준다면 굉장히 큰 도움이 될 것 같습니다. 비행기 왕복 항공권 값은 제가 지불하겠습니다. 그곳에서 고무라 씨가 묵을 곳도 제가 마련해놓을게요."

"작은 짐이라니?"

"이 정도입니다" 하고 사사키가 10센티미터가량의 정육면체 모양을 양 손가락으로 만들었다. "무겁지는 않아요."

"회사 일과 관계가 있는 건가?"

사사키가 고개를 가로저었다. "일과는 아무 관계가 없습니다. 전적으로 개인적인 일이에요. 험하게 다루면 좀 곤란하니, 우편이나 택배로 보내고 싶지 않아서요. 가능하면 아는 사람이 직접 들어다 줬으면 합니다. 사실 제가 직접 가지고 가면 되지만, 홋카이도까지 갈 시간을 좀처럼 낼 수가 없거든요."

"중요한 물건인가?"

사사키가 굳게 다문 입술을 가볍게 문 다음 고개를 끄덕였다. "하지만 깨진다거나 위험한 물건은 아니니까 신경 쓸 필요는 없습니다. 그냥 운반만 해주시면 그걸로 충분해요. 공항에서 엑스선 검사에 걸리는 일도 없을 거고요. 폐는 끼치지 않을 겁니다. 우편으로 보내고 싶지 않은 건 순전히 기분일 뿐이에요."

2월의 홋카이도는 분명 엄청나게 추울 것이다. 그러나 춥든 덥든 간에 고무라에겐 아무래도 좋은 일이었다.

"그 물건을 누구한테 건네주면 되지?"

"여동생이 거기에 살고 있습니다."

고무라는 휴가를 어떻게 보낼 것인가, 하는 계획을 전혀 생각도 하지 않은 상태였고, 지금부터 여정을 짜는 것이 귀찮기도 해서 그 제의를 받아들이기로 했다. 홋카이도에 가지 못할 이유도 전혀 없었다. 사사키는 그 자리에서 항공사에 전화를 걸어 구시로행 비행기를 예약했다. 이틀 후 오후 편 비행기였다.

다음 날, 사사키가 회사에서 갈색 포장지로 싼 작은 유골 상자 같은 것을 고무라에게 건넸다. 촉감으로 미루어 상자는 나무로 만들어진 듯했다. 사사키가 말했던 것처럼 거의 무게가 나가지 않았다. 포장지 위로는 폭이 넓은 투명 테이프가 칭칭 감겨 있었다. 고무라는 그걸 손에 들고 한동안 바라봤다. 시험 삼아 가볍게 흔들어봤지만, 아무것도 손에 느껴지는 것이 없고 소리도 나지 않았다.

"여동생이 공항으로 마중 나올 거예요. 고무라 씨가 묵을 곳도 마련해두겠다고 했습니다" 하고 사사키가 말했다. "공항 밖으로 나가서 사람들 눈에 띄도록 상자를 손에 들고 서 있으세요. 걱정하실 필요 없어요. 그리 큰 공항이 아니니까요."

집을 나올 때, 부탁받은 상자를 갈아입을 두터운 셔츠로 감싸서 가방 한가운데에 넣어두었다. 비행기 안은 예상했던 것보다 훨씬 붐볐다. 이렇게 많은 사람들이 한겨울에 도대체 뭘 하러 도쿄에서 구시로까지 가는 걸까 하고 고무라는 고개를 갸웃거렸다.

신문은 여전히 지진에 대한 기사로 가득 메워져 있었다. 그는 좌석에 앉아 조간신문을 구석구석까지 읽었다. 사망자 수는 지금도 계속 불어나고 있었다. 물과 전기가 많은 지역에서 끊어진 채였고 사람들은 살 집을 잃었다. 비참한 사실들이 차례차례 밝혀지고 있었다. 그러나 고무라의 눈에는 그런 상세한 모습들이 이상하게도 단조롭게 느껴져 깊이가 없는 것으로 비쳤다. 모든 울림이 멀고 단조로웠다. 약간만이라도 제대로 생각할 수 있는 건 자꾸만 자신에게서 멀어져가는 아내뿐이었다.

그는 지진에 대한 기사를 기계적으로 눈으로 좇아가며 이따금 아내를 생각하고 다시 기사를 좇았다. 아내 생각을 하는 것에도, 활자를 좇는 것에도 지치면, 눈을 감고 잠깐 잠이 들기도 했다. 잠에서 깨면 다시 아내를 생각했다. 어째서 그처럼 진지하게, 아침부터 밤까지 잠도 안 자고 먹지도 않고 텔레비전의 지진 보도만 좇고 있었을까? 그녀는 도대체 무엇을 보고 있었던 것일까?

디자인과 색깔이 비슷한 오버코트를 입은 젊은 여자 두 명이 공항에서 고무라에게 말을 걸어왔다. 한 여자는 얼굴이 하얗고 170센티미터쯤 되는 키에 머리칼이 짧았다. 코부터 부풀어 오른 윗입술까지, 털이 짧은 유제류 포유류 중에서 발끝에 각질의 발굽을 가진 동물를 연상시키는, 묘하게 멍청한 데가 있었다. 다른 여자는 155센티미터쯤 되는 키에 코가 너무 작은 것만 빼면, 그런대로 쓸 만한 용모를 가진 아가씨였다. 곧은 머리칼이 어깨까지 내려왔으며, 드러난 오른쪽 귓불에 검은 점이 두 개 있었다. 귀고리를 하고 있어서 검은 점이 한층 두드러져 보였다. 둘 다 이십대 중반으로 보였다. 두 여자는 고무라를 공항 안에 있는 다방으로 데려갔다.

"저는 사사키 게이코라고 합니다" 하고 덩치 큰 여자가 말했다. "오빠가 늘 신세를 지고 있다고 하더군요. 이쪽은 친구인 시마오예요."

"처음 뵙겠습니다."

"안녕하세요." 시마오 양도 따라서 인사했다.

"부인이 최근에 돌아가셨다고 오빠한테서 들었습니다만" 하고 사사키 게이코가 숙연한 얼굴로 말했다.

"아니, 죽은 게 아닙니다." 고무라는 잠시 틈을 두었다가 정정했다.

"하지만 오빠는 분명히 그저께 전화로 그렇게 말했어요. 고무라 씨는 부인을 잃은 지 얼마 안 됐다고요."

"아니, 이혼한 것뿐입니다. 내가 알고 있기론 건강하게 살아 있습니다."

"이상하네요. 그런 중요한 일을 잘못 들었을 리가 없는데요."

그녀는 사실을 잘못 안 것 때문에 오히려 자기가 상처 입었다는 표정이었다. 고무라는 커피에 설탕을 조금 넣고 스푼으로 가만히 저었다. 그리고 한 모금 마셨다. 커피는 연하고 맛이 없었다. 커피는 실체로서가 아니라 기호로서 거기에 있었다. 나는 이런 곳에서 도대체 뭘 하고 있는 걸까? 고무라는 스스로도 자신이 이상하다는 생각이 들었다.

"확실히 제가 잘못 들은 거군요" 하고 사사키 게이코가 생각을 고쳐먹은 듯 말했다. 그러고는 숨을 한 번 크게 들이쉬고 입술을 가볍게 깨물었다. "미안해요. 너무 실례되는 말을 해서요."

"아니, 아무래도 괜찮습니다. 그게 그거니까요."

두 사람이 얘기하는 동안, 시마오 양은 미소를 지으며 고무라의 얼굴을 잠자코 보고 있었다. 그녀는 고무라에게 호감을 지니고 있는 것 같았다. 얼굴 표정이나 조그만 동작에서 고무라는 그걸 알 수 있었다. 세 사람 사이에 한동안 침묵이 흘렀다.

"우선 중요한 것부터 건네드리겠습니다." 고무라는 가방 지퍼를 열고 두터운 스키용 언더셔츠 사이에서 가지고 온 꾸러미를 끄집어냈다. 그는 생각했다. 그러고 보니 나는 이 꾸러미를 손에 들고 있지 않았다. 그것이 표시였는데 말이다. 이 여자들은 어떻게 나를 알아봤을까?

사사키 게이코가 탁자 위로 양손을 뻗어 상자를 받아 들고 표정 없는 눈으로 한참 동안 바라봤다. 그러고는 무게를 확인하고, 고무라가 했던 것처럼 귀에다 바짝 대고 몇 번 가볍게 흔들어봤다. 그런 뒤 문제가 없다는 걸 나타내듯이 고무라에게 웃어 보이고는 커다란 숄더백 안에 상자를 집어넣었다.

"전화 한 통 걸어야겠는데 잠깐 실례해도 될까요?" 하고 게이코가 말했다.

"물론 괜찮습니다. 그렇게 하시죠."

게이코는 숄더백을 어깨에 메고, 먼 곳에 있는 전화 부스 쪽으로 걸어갔다. 고무라는 그 뒷모습을 잠시 동안 눈으로 좇았다. 상반신은 고정되어 있고, 허리부터 아랫부분만 기계처럼 원활하고 크게 움직이고 있었다. 그녀의 그런 걸음걸이를 보고 있으려니, 과거의 어떤 장면이 제멋대로 당돌하게 삽입된 것 같은 묘한 느낌이 들었다.

"전에 홋카이도에 와본 적이 있으세요?" 하고 시마오 양이 물었다.

고무라는 고개를 가로저었다.

"멀어서군요."

고무라는 고개를 끄덕였다. 그리고 주위를 둘러봤다. "하지만 이곳에서 이러고 있어도 그다지 멀리 온 것 같은 느낌이 들지 않는데요. 이상하군요."

"비행기 탓일 거예요. 속도가 너무 빠르기 때문에…" 하고 시마오 양이 말했다. "몸은 이동해도 그에 맞춰 의식이 따라오지 못하는 거죠."

"그럴지도 모르겠군."

"고무라 씨는 멀리 떠나고 싶었나 보죠?"

"아마도."

"부인이 없어졌기 때문에?"

고무라는 고개를 끄덕였다.

"하지만 아무리 멀리 가도 자기 자신으로부터 도망칠 수는 없죠" 하고 시마오 양이 말했다.

탁자 위의 설탕 그릇을 멍하니 바라보고 있던 고무라는 얼굴을 들어 그녀의 얼굴을 바라봤다.

"그래, 네 말대로야. 아무리 멀리 가도 자기 자신으로부터 도망칠 수는 없지. 그림자와 마찬가지야. 계속 따라오니까."

"부인을 무척이나 좋아했나 보죠?"

고무라는 대답을 피했다. "넌 사사키 게이코의 친구라고 했지?"

"네, 그래요. 우린 동료예요."

"어떤 동료?"

"배고프지 않으세요?" 시마오 양이 질문에 대답하지 않고, 다른 질문을 던졌다.

"글쎄" 하고 고무라는 말했다. "배가 고픈 것 같기도 하고, 고프지 않은 것 같기도 한데…."

"셋이서 뭔가 더운 음식이라도 먹으러 가죠. 더운 걸 먹으면 마음에 여유가 생기니까."

시마오 양이 운전했다. 차는 사륜구동의 소형 스바루였

다. 차체가 낡은 것으로 보아 주행거리가 20만 킬로미터를 넘은 게 틀림없었다. 뒤쪽 범퍼가 커다랗게 움푹 찌그러져 있었다. 사사키 게이코가 조수석에 앉고 고무라는 비좁은 뒷좌석에 앉았다. 특별히 운전이 서툰 것은 아니었지만, 뒷좌석은 소음이 심했고 서스펜션이 꽤나 약해져 있었다. 오토매틱의 감속 장치도 부드럽지 않았고, 에어컨은 바람이 나왔다 안 나왔다 제멋대로였다. 눈을 감으면 전자동 세탁기 속에 들어와 있는 것 같은 착각에 사로잡힐 정도였다.

구시로의 번화가에는 눈이 쌓여 있지 않았다. 도로 양옆에 오래되어 지저분하게 얼어붙은 눈이 쓸모를 잃은 단어처럼 잡다한 먼지와 쓰레기와 뒤섞여 어수선하게 쌓여 있을 뿐이었다. 해가 떨어지려면 아직 시간이 조금 남아 있었지만, 구름이 낮게 드리워져서 주위가 어두웠다. 바람이 어둠을 가르며 날카로운 소리를 냈다. 거리를 걸어 다니는 사람의 모습은 거의 눈에 띄지 않았다. 황량한 풍경에 신호등까지 얼어붙은 것처럼 보였다.

"홋카이도에서도 이곳은 눈이 별로 쌓이지 않는 곳이에요." 사사키 게이코가 고개를 돌려 돌아보며 큰 소리로 설명했다. "바다에 접한 지역이라 바람이 세서 조금만 쌓여도 눈이 순식간에 날려가버리죠. 하지만 춥기는 엄청나게 추워요. 귀가 떨어져 나갈 정도로."

“술 취해 길에서 잠든 사람들이 자주 얼어 죽죠” 하고 시마오 양이 말했다.

“이 근처에 곰은 나오지 않나?” 고무라가 물었다.

게이코가 시마오 양을 보며 웃었다. “어머, 곰이래….”

시마오 양도 함께 킥킥거리며 웃었다.

“홋카이도에 대해 잘 몰라서 그래.” 고무라는 변명하듯 말했다.

“곰에 관해선 재미있는 이야기가 하나 있는데…” 하고 게이코가 말했다. 그러고는 시마오 양에게 물었다. “안 그러니?”

“엄청나게 재미있는 이야기지” 하고 시마오 양이 말했다.

그러나 대화는 거기서 끊기고, 곰 이야기는 계속되지 않았다. 고무라도 굳이 물어보지 않았다. 이윽고 목적지에 도착했다. 길가 옆에 있는 커다란 라면 식당이었다. 차를 주차장에 세워두고 세 사람은 식당으로 들어갔다. 고무라는 맥주를 마시고 뜨거운 라면을 먹었다. 텅 빈 식당은 지저분하고 테이블도 의자도 흔들거렸지만, 라면은 굉장히 맛이 있어서 먹고 난 뒤에는 마음이 어느 정도 가라앉았다.

“고무라 씨, 홋카이도에서 뭔가 해보고 싶은 일이 있어?” 사사키 게이코가 물었다. “일주일 정도는 이곳에 있을 수 있다고 들었는데.”

고무라는 한동안 생각해봤지만, 특별히 해보고 싶은 일이 떠오르지 않았다.

"온천 같은 건 어때? 온천에 들어가서 느긋하게 시간을 보내고 싶지 않아? 이 근처에 조그맣고 조용한 온천이 하나 있긴 한데."

"그것도 나쁘지 않겠군."

"틀림없이 마음에 들 거야. 좋은 곳이고, 곰도 나오지 않고."

두 사람은 서로 마주 보며 다시 재미있다는 듯이 웃었다.

"저기, 고무라 씨, 부인에 대해 좀 물어봐도 돼?" 하고 게이코가 말했다.

"괜찮아. 물어봐."

"부인은 언제 집을 나간 거야?"

"지진이 난 지 닷새 후니까, 벌써 2주일 이상이 지났네."

"지진과 무슨 관계가 있었어?"

고무라는 고개를 저었다. "아마 별 관계는 없다고 생각해."

"하지만 그런 일들은 어딘가 서로 연관되어 있는 게 아닐까?" 하고 시마오 양이 고개를 가볍게 갸웃거리면서 말했다.

"당신만 모르고 있을 뿐인…" 하고 게이코가 말했다.

"그런 일도 있는 거지 뭐" 하고 시마오 양이 말했다.

"그런 일이라니, 어떤 일?"

"말하자면…" 하고 게이코가 대답했다. "내가 아는 사람 중에도 그런 사람이 하나 있었어."

"사에키 씨 말이지?" 하고 시마오 양이 물었다.

"그래" 하고 게이코가 말했다. "사에키 씨라는 사람이 있었어. 구시로에 살던 마흔 살 정도 된 미용사였어. 그 사람 부인이 작년 가을에 UFO를 봤다는 거야. 한밤중에 혼자 교외를 드라이브하고 있었는데, 들판 한가운데에 커다란 UFO가 내려온 거야. 쿵 하고 말이야. 「미지와의 조우」라는 영화처럼. 그 일주일 후에 그 부인은 집을 나가버렸고…. 가정에 문제가 있었던 것도 아닌데 그대로 사라져서 두 번 다시 돌아오지 않았대."

"그것으로 끝" 하고 시마오 양이 말했다.

"UFO가 원인이야?"

"원인은 몰라. 어쨌든 어느 날 편지 한 장 남기지 않고, 초등학생인 아이 두 명을 남겨놓고, 어디론가 가버렸다는 거야" 하고 게이코가 말했다. "집을 나가기 전 일주일 동안은 누굴 봐도 그 UFO 얘기밖에 하지 않았대. 거의 쉴 새 없이 계속 지껄여댔대. 그게 얼마나 크고 아름다운지, 그런 말만 늘어놓았대."

두 사람은 그 이야기가 고무라의 머릿속에 스며들 때까지 기다렸다.

"내 경우는 편지는 있었어" 하고 고무라는 말했다. "아이는 없었고."

"그럼 사에키 씨보다는 그래도 조금 낫네" 하고 게이코가 말했다.

"아이들이 있다면 더 큰일이었겠지." 시마오 양이 고개를 끄덕였다.

"시마오는 일곱 살 때 아버지가 집을 나가버렸는데…" 하고 게이코가 미간을 찌푸리며 설명했다. "엄마의 여동생하고 눈이 맞아서 도망쳤대."

"어느 날 갑자기." 시마오 양이 빙긋이 웃으면서 말했다.

침묵이 흘렀다.

"사에키 씨 부인은 가출한 게 아니라, UFO의 우주인들에게 끌려갔을지도 모르겠군." 고무라는 분위기를 바꾸어보려는 듯 그렇게 말했다.

"그럴 가능성도 있겠네." 시마오 양이 진지하게 말했다. "그런 이야기를 자주 들으니까."

"어쩌면 길을 걷다가 곰한테 잡아먹혔을지도 모르고" 하고 게이코가 말했다. 두 사람은 다시 웃었다.

세 사람은 식당을 나와서 근처에 있는 러브호텔로 갔다. 상가 끝에 묘석을 만드는 석재상과 러브호텔이 교대로 늘어서 있는 거리가 있었고, 시마오 양은 그중 한 러브호텔로 차를 몰고 들어갔다. 서양의 성곽을 모방한 기묘한 건물이었다. 지붕 꼭대기에는 빨간색 삼각 깃발이 휘날리고 있었다.

게이코가 프런트에서 열쇠를 받아 들었고, 세 사람은 엘리베이터를 타고 방으로 갔다. 창문이 몹시 작은 데 반해 침대는 어처구니없을 정도로 컸다. 고무라가 오리털 파카를 벗어서 옷걸이에 건 후 화장실에 들어가 볼일을 보는 동안, 두 사람은 능숙하게 욕조에 더운물을 받고, 조명을 조절하고, 난방기를 체크하고, 텔레비전 스위치를 켜고, 배달 메뉴를 검토하고, 침대 머리맡의 스위치를 시험해보고, 냉장고의 내용물을 점검했다.

"아는 사람이 경영하는 호텔이야" 하고 사사키 게이코가 말했다. "그래서 가장 넓은 방을 준비해달라고 했어. 보다시피 러브호텔이긴 하지만, 너무 신경 쓰지 마. 상관없지?"

고무라는 괜찮다고 대답했다.

"비좁고 거지 같은 역전 비즈니스호텔에 머무르는 것보다는 이쪽이 훨씬 더 마음에 들 거야."

"그럴지도 모르겠네."

"욕탕에 더운물을 준비해뒀으니까 들어가서 좀 씻는 게 좋겠어."

고무라는 말한 대로 욕조에 들어갔다. 욕조는 이상하리만큼 넓어서 혼자 들어가 있으니 불안한 느낌이 들 정도였다. 여기 오는 사람들은 대부분 둘이서 욕조에 들어가는 모양이었다.

욕실에서 나오니 사사키 게이코의 모습이 보이지 않았다. 시마오 양 혼자 맥주를 마시면서 텔레비전을 보고 있었다.

“게이코는 집으로 돌아갔어. 볼일이 있어 먼저 실례하겠다면서. 내일 아침에 온대. 난 잠시 여기서 맥주를 마셔도 괜찮겠지?”

괜찮아, 하고 고무라는 말했다.

“폐가 안 되겠어? 혼자 있고 싶다든가, 누군가와 함께 있으면 마음이 불편하다든가.”

괜찮다고 고무라는 말했다. 그는 맥주를 마시고, 타월로 머리를 말리면서 시마오 양과 함께 한동안 텔레비전을 봤다. 지진 특집 뉴스였다. 언제나처럼 같은 영상이 반복되고 있었다. 기울어진 빌딩, 무너진 도로, 눈물을 흘리는 노파, 혼란과 발산할 곳 없는 분노. 광고가 나오자 그녀가 리모컨으로 텔레비전을 껐다.

“뭔가 얘기나 할까?”

“좋아.”

“어떤 얘기가 좋을까?”

“아까 차 안에서 둘이 곰 이야길 했지? 곰에 관한 재미있는 이야기.”

“아, 곰 이야기?” 그녀가 고개를 끄덕이며 말했다.

"어떤 이야긴지 들려주지 않겠어?"

"좋아."

시마오 양이 냉장고에서 새 맥주를 꺼내 와서 두 사람의 맥주잔에 따랐다.

"조금 야한 이야긴데, 내가 그런 얘길 해서 고무라 씨가 싫어하면 어떡하지?"

고무라는 고개를 저었다.

"그런 얘기를 하면 싫어하는 남자도 가끔 있으니까 말이야."

"난 그렇지 않아."

"내 경험담인데… 그러니까 좀 부끄럽긴 한데 말이야."

"괜찮다면 꼭 듣고 싶어."

"좋아. 고무라 씨가 듣고 싶다면."

"난 괜찮다니까."

"3년 전 내가 전문대에 입학했을 때의 일이야. 어떤 남자와 사귀고 있었어. 나보다 한 살 위인 대학생이었는데, 내가 처음으로 섹스를 한 상대였지. 그 사람과 둘이서 등산을 갔어. 멀리 북쪽에 있는 산으로."

시마오 양이 맥주를 한 모금 마셨다.

"가을이라 산에는 곰이 나와 있었어. 가을에 곰은 동면을 위해 먹이를 모으기 때문에 상당히 위험해. 이따금 사람들이 습격을 당하곤 하거든. 그때도 사흘 전, 등산객 하나가

습격당해 큰 부상을 당했어. 그래서 그곳 사람들이 방울을 주더라구. 풍경風磬만 한 크기의 방울이었는데, 그걸 흔들어 딸랑딸랑 소리를 내면서 걸으라고 했지. 그렇게 하면 사람이 온다는 걸 알고 곰이 나오지 않는다는 거야. 곰이 사람을 습격하고 싶어 습격하는 게 아니라는 거지. 곰은 잡식성이지만, 주로 채식을 하는 동물이라 사람을 습격해야 할 필요는 거의 없대. 자기 영역에서 갑자기 사람과 마주치게 되면 깜짝 놀라거나 화가 나서, 반사적으로 사람을 공격하는 거래. 딸랑딸랑 소리를 내면서 걷고 있으면, 곰이 미리 알고 자리를 피해준다는 거야. 무슨 말인지 알겠어?"

"알고말고."

"우리는 딸랑딸랑 소리를 내면서 산길을 걸어갔어. 그런데 아무도 없는 곳에서, 그 사람이 갑자기 그것을 하고 싶다는 거야. 나도 싫진 않아서 좋다고 말했어. 우린 길에서 벗어난, 사람들 눈에 띄지 않는 덤불 속으로 들어가 비닐 돗자리를 깔았지. 근데 난 곰이 무서웠어. 섹스하는 도중에 뒤에서 곰이 달려들어 죽거나 하면 큰일이잖아? 그런 식으로 죽기는 싫었어. 그렇게 생각 안 해?"

고무라는 동의했다.

"그래서 우린 한 손에 방울을 들고, 그걸 흔들어대면서 섹스했어. 처음부터 끝까지 쭉 딸랑딸랑 소리를 내면서 말이야."

"방울은 누가 흔들었어?"

"교대로 흔들었지. 손이 아프면 교대하고, 또 아프면 교대하고. 정말 기분이 이상하더라구. 방울을 계속 흔들어대면서 섹스하니까… 지금도 가끔씩 섹스하는 도중에 그때 일이 떠오르면 웃음보가 터져."

고무라도 조금 웃었다.

시마오 양이 몇 번 손뼉을 쳤다. "아아, 다행이네. 고무라 씨도 제대로 웃을 줄 아는 걸 보니까."

"물론이지" 하고 고무라는 말했다. 하지만 생각해보니 굉장히 오랜만에 웃어본 것이었다. 그전에 웃어본 게 언제였지?

"저어, 나도 목욕 좀 해도 될까?"

"좋아."

그녀가 목욕하는 동안 고무라는 목소리가 큰 코미디언이 사회를 맡은 버라이어티쇼 프로를 봤다. 조금도 재미가 없었는데, 그게 그 프로 탓인지, 자기 탓인지, 고무라로서는 판단이 서지 않았다. 그는 맥주를 마시고 냉장고 안에 있던 땅콩 봉지를 뜯어 먹었다. 시마오 양은 꽤 오랫동안 목욕을 했지만, 이윽고 목욕 타월을 가슴에 감고 욕실에서 나와 침대에 걸터앉았다. 타월을 벗고 고양이처럼 날쌔게 이불 안으로 기어 들어가더니 고무라의 얼굴을 똑바로 봤다.

"이봐요, 부인하고 마지막으로 즐긴 게 언제지?"

"작년 12월 말이었던 것 같은데."

"그 뒤론 하지 않은 거야?"

"안 했어."

"다른 누구하고도?"

고무라는 눈을 감고 고개를 끄덕였다.

"내 생각이지만 지금 고무라 씨에게 필요한 건, 기분을 말끔히 전환해서 좀 더 솔직하게 인생을 즐기는 거라고 생각해" 하고 시마오 양이 말했다. "왜냐면 말이야, 어쩌면 내일 지진이 일어날지도 몰라. 우주인에게 끌려갈지도 모르고. 곰한테 잡아먹힐지도 몰라. 무슨 일이 일어날지 그런 걸 누가 알겠어."

"그렇지. 누가 알겠어" 하고 고무라는 말을 반복했다.

"딸랑딸랑" 하고 시마오 양이 말했다.

결합을 몇 번 시도해봤지만 아무리 애써도 잘되지 않자, 고무라는 단념하고 말았다. 그에겐 처음 있는 일이었다.

"부인을 생각하고 있었던 거 아냐?" 하고 시마오 양이 물었다.

"그래" 하고 고무라는 말했다. 그러나 사실인즉, 고무라의 머릿속에 있었던 건 지진의 광경이었다. 그것이 슬라이드의 영상처럼 한 장면이 떠올랐다가는 사라지고, 또 다른 장면이 떠올랐다가는 사라지곤 했다. 고속도로, 불꽃, 연기, 산더미같이 쌓여 있는 벽돌, 도로의 균열. 그는 그 소리 없는 이미지들이 연속되는 것을 아무리 애써도 단절시킬 수가 없었다.

시마오 양이 고무라의 벗은 가슴에 귀를 갖다 댔다.

"그런 일은 흔히 있는 일이잖아" 하고 그녀가 말했다.

"으응."

"그런 건 신경 안 쓰는 게 좋아."

"그래, 신경 안 쓰도록 할게."

"그래도 역시 신경을 쓰나 봐. 남자들은 말이야."

고무라는 잠자코 있었다.

시마오 양이 고무라의 젖꼭지를 가볍게 꼬집었다. "저기, 부인이 메모를 남겼다고 했지?"

"그래, 맞아."

"그 메모엔 어떤 말이 쓰여 있었어?"

"나하고 사는 게 공기 덩어리하고 살고 있는 것 같다고 쓰여 있었어."

"공기 덩어리?" 시마오 양이 고개를 갸우뚱하면서 고무라를 올려다봤다. "그게 무슨 뜻일까?"

"알맹이가 없다는 뜻이라고 생각해."

"자긴 정말 알맹이가 없어?"

"없을지도 몰라. 하지만 잘 모르겠어. 알맹이가 없다고 해도, 도대체 뭐가 알맹이인지."

"그렇네. 그 말을 듣고 보니, 알맹이란 도대체 뭘까?" 하고 시마오 양이 말했다. "우리 어머니는 연어 껍질을 제일 좋아하는데, 껍질만 있는 연어가 있으면 좋겠다고 자주 말했어. 그러니까 알맹이 같은 건 없는 편이 나은 경우도 있을지 몰라. 안 그래?"

껍질만 있는 연어를 고무라는 상상해봤다. 그러나 만일 껍질만 있는 연어가 있다고 한다면, 그 연어의 알맹이는 껍질 자체가 된다는 얘기 아닌가? 고무라가 심호흡을 하자, 여자의 머리가 크게 들려 올라갔다가 가라앉았다.

"저기, 알맹이가 있는지 어떤지 난 잘 모르겠지만, 자긴 굉장히 멋있어. 당신을 제대로 잘 이해하고 좋아해줄 여자는 이 세상에 얼마든지 있을 거라고 생각해."

"그 말도 쓰여 있었어."

"부인 메모에?"

"그래."

"흐음" 하고 시마오 양이 재미없다는 듯이 말했다. 그러고는 고무라의 가슴에 다시 귀를 갖다 댔다. 귀고리가 비밀스러운 이물異物처럼 느껴졌다.

"내가 갖고 온 그 상자 말인데…" 하고 고무라가 말했다.

"알맹이가 도대체 뭘까?"

"그게 마음에 걸려?"

"조금 전까진 마음에 걸리지 않았어. 그런데 지금은 왠지 이상하게 마음에 걸리네."

"언제부터?"

"바로 조금 전부터."

"갑자기?"

"마음에 걸리네, 갑자기."

"왜 그렇게 갑자기 신경이 쓰이게 됐을까?"

고무라는 천장을 노려보면서 잠시 생각해봤다. "왜 그럴까?"

두 사람은 한참 동안 윙윙거리는 바람 소리에 귀를 기울였다. 바람은 고무라가 알지 못하는 곳에서 찾아왔다가 고무라가 알지 못하는 곳을 향해 불어 갔다.

"그건 말이야" 하고 시마오 양이 조용한 목소리로 말했다. "고무라 씨의 알맹이가 그 상자 속에 들어 있기 때문이야. 고무라 씨는 그걸 모른 채 여기까지 들고 와서 자기 손으로 사사키한테 건네준 거라구. 그러니까 이제 고무라 씨의 알맹이는 돌아오지 않아."

고무라는 몸을 일으켜 여자의 얼굴을 내려다봤다. 작은 코와 귀에 있는 점. 깊은 침묵 속에서 심장이 커다랗게 메마른 소리를 내고 있었다. 목을 구부리니 뼈가 삐걱거렸다. 한 순간의 일이었지만, 고무라는 자신이 압도적인 폭력의 고빗길에 서 있다는 걸 깨달았다.

"그건 농담이야" 하고 시마오 양이 고무라의 안색을 보며 말했다. "생각나는 대로 마구 지껄여본 것뿐이라구. 서투른 농담이었어. 미안해. 신경 쓰지 마. 고무라 씨한테 상처를 입힐 생각은 없으니까."

고무라는 마음을 가라앉히고 방 안을 둘러봤다. 그리고 다시 베개에 머리를 파묻었다. 눈을 감고 숨을 깊이 들이쉬었다. 넓은 침대가 밤바다처럼 그의 주변에 있었다. 얼어붙은 바람 소리가 들려왔다. 심장의 격렬한 고동이 뼈를 뒤흔들고 있었다.

"어때, 멀리까지 왔다는 실감이 조금은 들어?"

"아주 먼 곳에 온 것 같은 느낌이야" 하고 고무라는 솔직하게 말했다.

시마오 양이 고무라의 가슴 위에다 무슨 주문처럼 손가락 끝으로 복잡한 무늬를 그렸다.

"하지만 이제 막 시작되었을 뿐이야" 하고 그녀는 말했다.

다리미가
있는
풍경

◐

전화가 울린 것은 한밤중인 열두 시 전이었다. 준코는 텔레비전을 보고 있었다. 게이스케는 방구석에서 귀에 헤드폰을 끼고 눈을 반쯤 감은 채, 좌우로 고개를 흔들면서 전기기타를 치고 있었다. 빠른 패시지를 연습하고 있는 모양인지, 긴 손가락이 여섯 개의 현 위를 재빨리 왔다 갔다 했다. 전화벨 소리는 전혀 듣지 못했다. 준코는 전화기를 들었다.

"벌써 자고 있었어?" 미야케 씨가 언제나처럼 소곤대는 목소리로 말했다.

"괜찮아요, 아직 안 자요" 하고 준코는 대답했다.

"지금 해변에 와 있는데, 유목流木이 꽤 많이 밀려와 있어. 커다란 놈을 만들 수 있을 거야. 나올 수 있어?"

"좋아요. 옷 갈아입고 10분 안에 갈게요."

준코는 타이츠를 입고 그 위에 청바지를 껴입은 다음 터틀넥 스웨터를 뒤집어쓰고, 모직 코트 주머니에 담배를 쑤셔 넣었다. 지갑과 성냥과 열쇠 꾸러미도 챙겼다. 그리고 게이스케의 등을 가볍게 발로 찼다. 게이스케가 황급히 헤드폰을 벗었다.

"해변으로 모닥불 피우는 데 갔다 올 거야."

"또 미야케 아저씨지?" 게이스케가 이맛살을 찌푸리며 말했다. "농담하지 마. 지금은 2월이라구. 게다가 한밤중인 열두 시고. 그런데 지금 해변에 가서 모닥불을 피우겠다고?"

"그러니까 당신은 안 가도 돼. 혼자서 갔다 올 테니깐."

게이스케가 한숨을 내쉬었다. "나도 가겠어. 간다니까. 금방 준비할 테니까 잠깐 기다려."

그는 앰프의 전원을 끄고 파자마 위에다 바지를 겹쳐 입고, 스웨터를 걸치고, 파카의 지퍼를 목까지 올렸다. 준코는 목에 머플러를 두르고 털실로 짠 모자를 썼다.

"정말 멋대로군. 아니, 모닥불이 뭐가 그렇게 재미있다는 거지?" 해안으로 난 길을 걸으면서 게이스케가 말했다. 추운 밤이지만 바람은 전혀 불지 않았다. 입을 벌리면 금방 입김이 얼어붙을 것 같은 밤이었다.

"펄 잼 미국의 얼터너티브 록 밴드 은 뭐가 재미있는데? 그냥 시끄럽기만 하잖아." 준코는 되받아쳤다.

"펄 잼 팬은 전 세계에 천만 명이나 있단 말이야."

"모닥불 팬은 이미 5만 년 전부터 전 세계에 퍼져 있었어."

"하긴 그렇게 말할 수도 있겠지."

"펄 잼은 사라져도 모닥불은 남는다."

"그렇게도 말할 수 있겠지." 게이스케가 오른손을 주머니에서 꺼내 준코의 어깨에 둘렀다. "하지만 말이야, 준코. 문제는 5만 년 전의 일도, 5만 년 후의 일도 나와는 전혀 관계가 없다는 거야. 전혀. 중요한 건 지금이야. 세계가 언제 어떻게 박살이 나고 끝장이 날지 누가 알아. 그렇게 먼 훗날의 일을 생각해서 어쩌겠다는 거야. 중요한 건 지금 당장 제대로 밥을 먹을 수 있고, 자지가 딱딱하게 서는 거란 말이야. 안 그래?"

계단을 올라 제방 위에 서자 늘 있던 장소에 미야케 씨의 모습이 보였다. 그는 해변에서 파도에 밀려온 갖가지 모양의 유목들을 한곳에 모아놓고, 주의 깊게 쌓아 올리고 있었다. 그 가운데 유난히 커다란 통나무 한 개가 섞여 있었다. 거기까지 끌어서 갖고 오느라 큰 고역을 치렀을 것이다.

달빛이 해안선을 잘 갈아놓은 칼날처럼 바꿔놓고 있었다. 겨울 파도는 여느 때와 달리 조용히 모래를 씻고 있었다. 다른 사람의 기척이라고는 없었다.

"어때, 상당히 많이 모았지?" 미야케 씨가 흰 숨결을 토해내면서 말했다.

"굉장히 많네요" 하고 준코는 말했다.

"가끔씩 이럴 때도 있는 거야. 며칠 전 파도가 굉장히 거친 날이 있었지? 최근엔 말이야, 해명海鳴만 듣고도 대충 알 수 있거든. 오늘은 좋은 땔감이 떠내려오고 있다고 말이야."

"자기 자랑은 됐으니까 빨리 불을 피웁시다. 이렇게 추워서야 소중한 불알이 오그라들어버릴 거라고요." 양손을 벅벅 비벼대면서 게이스케가 말했다.

"아니, 잠시만 기다리게. 이런 건 무엇보다 순서가 중요한 법이야. 우선 정확하게 계획을 짜고, 이만하면 문제가 없다고 생각될 때쯤 천천히 불을 붙여야 해. 서두르면 잘되지 않는다구. 허둥거리는 거지는 얻는 밥도 적은 법이거든."

"허둥거리는 소프 양남자를 씻겨주며 성적인 서비스를 하는 여자은 연장소프 양은 '연장'을 해야만 큰 수입을 챙길 수 있다도 적지." 게이스케가 맞장구를 쳤다.

"자네, 젊은 사람이 그런 쓸데없는 야한 농담은 그만하지 그래." 미야케 씨가 고개를 절레절레 흔들며 말했다.

굵은 통나무와 작은 나뭇가지들이 교묘하게 결합되어 전위적인 오브제처럼 쌓아 올려져 있었다. 몇 걸음 뒤로 물러나서 그 모양을 자세히 점검하고, 다시 배치하고, 반대쪽으로 돌아가서 살펴보고…. 그런 작업이 늘 하던 대로 몇 번 반복되었다. 나무가 쌓아 올려져 있는 모습을 보고 있기만 해도 불길이 타오르는 모양이 머릿속에 이미지로 떠오르는 것이다. 조각가가 재료로 쓰일 돌의 생김새를 보고, 거기에 숨겨져 있는 형상을 머릿속에 떠올리는 것처럼.

시간을 들여 납득이 갈 만큼 배치가 완성되자, 미야케 씨는 '좋아 좋아' 하는 듯이 혼자 고개를 끄덕였다. 그리고 준비해둔 신문지를 맨 밑에 둥글게 말아서 쑤셔 넣고, 일회용 라이터로 불을 붙였다. 준코는 주머니에서 담배를 꺼내 입에 물고 성냥을 켰다. 그리고 가늘게 뜬 눈으로 미야케 씨의 둥근 등과, 머리칼이 빠지기 시작한 뒷머리를 바라봤다. 가장 숨 막히는 순간이다. 불이 제대로 붙을까? 운 좋게 활활 타올라줄까?

세 사람은 말없이 유목으로 만들어진 산을 바라봤다. 신문지는 기세 좋게 피어오르더니 한참 동안 불길 속에서 몸을 흔들었다. 그러나 얼마쯤 있다가 조그맣게 뭉쳐져서 꺼지고 만다. 한참 동안 아무 일도 일어나지 않는다. 틀림없이 실패한 거라고 준코는 생각한다. 나무가 보기보다 축축하게 젖어 있었던 모양이다.

단념하려고 했을 때, 문득 흰 연기가 한 줄기 봉화가 되어 위로 피어오른다. 바람이 없는 탓에 연기는 끊어진 곳이 없는 한 줄기의 끈이 되어 허공으로 올라간다. 어딘가에 불이 붙어 있는 것이다. 그러나 불 자체는 아직도 보이지 않는다.

누구도 아무 말도 하지 않았다. 게이스케조차 입을 다물고 있었다. 게이스케는 파카 주머니에 양손을 찔러 넣고 있었고, 미야케 씨는 모래밭 위에 쭈그리고 앉아 있었으며, 준코는 가슴 앞에 양손을 포개고 담배를 피웠다.

준코는 평상시처럼 잭 런던의 「모닥불To Build a Fire」을 생각했다. 알래스카 오지의 눈 속에서 홀로 여행하는 남자가 불을 피우려고 하는 이야기다. 불이 붙지 않으면, 그는 얼어 죽을 게 뻔하다. 날은 저물어가고 있다. 그녀는 소설 따윈 거의 읽은 적이 없다. 그러나 고등학교 1학년 여름방학 때, 독서 감상문 과제물로 받은 그 단편소설만은 몇 번이고 반복해서 읽었다. 이야기의 정경은 매우 자연스럽고 생생하게 그녀의 머릿속에 떠올랐다. 죽음의 갈림길에 있는 남자의 심장 고동과 공포와 희망과 절망을 마치 자신의 일처럼 절실하게 느낄 수 있었다. 하지만 그 이야기 속에서 무엇보다 중요한 것은, 기본적으로는 그 남자가 죽음을 원하고 있다는 사실이었다. 그녀는 그것을 알 수 있었다. 이유를 제대로 설명할 수는 없다. 단지 처음부터 이해할 수 있었다. 이 여행자는 사실 죽음을 바라고 있다. 그것이 자신에게 어울리는 결말이라는 것을 알고 있다. 그럼에도 불구하고, 그는 전력을 다해서 싸우지 않으면 안 된다. 살아남는 것을 목적으로 압도적인 것을 상대로 싸우지 않으면 안 된다. 준코를 마음속 깊은 곳에서 흔들어놓은 것은 이야기의 중심에 있는, 그런 근원적이라고도 할 수 있는 모순성이었다.

선생님은 그녀의 의견을 웃어넘겨버렸다. 이 주인공이 사실은 죽음을 바라고 있다고? 선생님은 어처구니없다는 듯이 말했다. "그런 이상한 감상을 들은 건 처음이다. 꽤나 독창적인 의견처럼 들리긴 하지만 말이야." 선생님이 준코의 감상문 일부를 큰 소리로 읽어내려가자, 교실에 있던 학생들이 모두 웃었다.

그러나 준코는 알고 있었다. 잘못 알고 있는 건 모두들이라는 것을. 만일 그렇지 않다면 이 이야기의 결말이 이처럼 조용하고 아름다울 수 있을까?

"이미 불이 꺼져버린 거 아네요, 아저씨?" 게이스케가 쭈뼛쭈뼛하며 말했다.

"걱정 말게. 불은 붙어 있으니까 걱정 말라구. 지금은 불타오르기 위한 준비를 하고 있을 뿐이야. 연기가 계속 피어오르고 있지. 불이 없는 데서 연기는 나지 않는다고 하지 않나."

"피가 없는 곳에 자지는 안 선다는 말도 있죠."

"이보게, 자네 말이야. 그런 것밖에 생각하지 못하나?" 미야케 씨가 질렸다는 듯이 말했다.

"하지만 꺼지지 않았다는 걸 정말로 알 수 있으세요?"

"물론 알 수 있고말고. 곧 확 하고 불타오를 거야."

"아저씨는 대체 어디서 그런 걸 다 배워서 알고 계세요?"

"학식이라고 할 정도는 아니지만, 대개는 어릴 때 보이스카우트 훈련을 하면서 배웠지. 보이스카우트에 들어가면 원하지 않아도 모닥불엔 도사가 돼."

"그래요? 보이스카우트라고요?"

"그래. 물론 그뿐 아니라 이를테면 재능 같은 것도 있네. 이런 말을 하면 좀 우습지만, 모닥불을 피우는 재주 말이야. 난 보통 사람에겐 없는 특수한 재능이 있거든."

"즐거운 일 같긴 하지만, 그다지 돈이 될 만한 재능은 아닌 것 같네요."

"분명 돈은 안 되겠지." 미야케 씨가 웃으면서 말했다.

미야케 씨가 예언한 대로, 이윽고 안쪽에서 불길이 넘실거리는 게 보이기 시작했다. 나무가 탁탁 튀는 소리가 희미하게 들려온다. 준코는 "휴우" 하고 한숨을 내쉰다. 이 정도면 이제 더 이상 걱정할 필요가 없다. 모닥불은 잘 타오를 것이다. 갓 태어난 조그만 불길을 향해 세 사람은 조심조심 양손을 내민다. 이제부터 한동안은 불길에 손대지 않아도 된다. 불길이 서서히 기세를 불려 나가는 걸 그냥 조용히 지켜보기만 하면 된다. 5만 년 전 사람들 역시 똑같은 심정으로 모닥불을 향해 손을 내밀고 있었을 것이다. 준코는 그렇게 생각한다.

"미야케 아저씨, 출신지가 고베 쪽이라고 언젠가 말하셨죠?" 게이스케가 문득 생각난 듯 밝은 목소리로 물었다. "지난달 지진 때는 괜찮았어요? 고베에 가족 같은 건 없었나요?"

"글쎄, 잘 모르겠는걸. 지금 난 그쪽하고 아무 관계가 없다네. 이미 다 옛날 일이거든."

"옛날 일이라고는 하지만, 그렇게 생각해버리기엔 간사이 사투리가 전혀 없어지지 않았는데요."

"그래? 간사이 사투리가 없어지지 않았단 말이야? 난 잘 모르겠는데."

"여보세요, 아저씨. 만일 그게 간사이 사투리가 아니라면, 내가 시방 씨부리고 있는 건 대체 뭔교? 그런 말도 안 되는 소리는 하지도 마이소."

"기분 나쁜 그 사투리는 쓰지 말게. 이바라키간토 지방 동북부의 현 사람이 어쭙잖은 간사이 사투리를 쓰는 건 꼴불견이니까 말이야. 자네들은 차라리 농한기에 깃발을 꽂고 오토바이 폭주족 노릇이나 하는 게 어울릴 거야."

"너무 심하시군요. 아저씨는 점잖은 얼굴로 그런 험악한 농담을 잘도 하시네요. 정말이지 심심하면 모두들 북녘 간토 지방의 순박한 농민들을 놀려대니까 할 말이 없네요. 하지만 이건 농담이 아니라구요. 정말로 아무 일도 없었어요? 그래도 지진 피해를 당한 친척이나 그런 사람들은 있겠죠?

텔레비전 뉴스는 보고 있나요?"

"그 얘기는 그만두세" 하고 미야케 씨가 말했다. "위스키 마시겠나?"

"네, 좀 주세요."

"준코는?"

"조금만 주세요" 하고 준코는 말했다.

미야케 씨가 가죽점퍼의 주머니에서 얇은 금속제 플라스크를 꺼내 게이스케에게 건넸다. 게이스케는 뚜껑을 돌려서 연 다음 입술을 대지 않고 입 안에 붓고는 꿀꺽 삼켜버렸다. 그런 뒤 후욱 하고 숨을 들이쉬었다.

"맛있다. 이건 틀림없이 21년산 싱글 몰트의 최상품이군요. 통은 오크통이고요. 스코틀랜드의 바닷소리와 천사의 한숨 소리가 들리는 것 같아요."

"이런 바보, 말도 안 되는 소린 집어치워. 이건 그냥 산토리 위스키잖아."

준코는 게이스케가 건네준 술병을 받아, 병뚜껑에 따른 위스키를 혀끝으로 살짝 핥듯이 조금씩 마셨다. 그녀는 진지한 얼굴로 식도에서 위장으로 따뜻한 액체가 흘러 내려가는 듯한 독특한 감촉을 즐겼다. 몸속이 얼마간 더워지는 느낌이 왔다. 다음으로 미야케 씨가 조용히 한 모금 마셨고, 그다음에는 게이스케가 다시 꿀꺽 하고 삼켰다. 술병이 손에서 손으로 돌고 있는 동안, 모닥불의 불길은 차츰 커져서 확실한 형태가 되어가고 있었다. 속도는 빠르지 않았다. 천천히 시간을 들여가면서 불길은 커져갔다. 그것이 미야케 씨가 만드는 모닥불의 뛰어난 점이었다. 불길이 번져가는 게 부드럽고 다정하다. 숙련된 애무처럼, 결코 서두르지 않고 거칠지도 않다. 불길은 사람의 마음을 따뜻하게 해주기 위해 그곳에 있다.

준코는 모닥불 앞에서 언제나 과묵해졌다. 때때로 자세를 바꾸는 것 외에는 거의 몸을 움직이지 않았다. 불꽃은 그들 주위에 있는 모든 것을 묵묵히 받아들이고, 삼켜버리고, 용서해가는 것처럼 보였다. 진정한 가족이란 바로 이런 것일 거라고 준코는 생각했다.

고등학교 3학년 5월에, 준코는 이곳 이바라키현의 작은 도시로 왔다. 아버지의 인감도장과 저금통장을 훔쳐서 30만 엔을 찾고, 보스턴백에 갈아입을 옷을 되도록 많이 챙겨 넣고는 집을 뛰쳐나왔다. 도코로자와에서 아무렇게나 전철을 갈아타고, 이바라키현 해안에 있는 조그만 도시에 도착했다. 이름도 들어본 적이 없는 도시였다. 역전의 부동산 소개소에서 방 한 칸짜리 아파트를 구했고, 그다음 주에는 해안가의 국도에 있는 편의점 점원이 되어 있었다. 건강하게 잘 지내고 있으니 걱정하지 말라, 행방은 찾지 말아주면 좋겠다는 내용의 편지를 어머니에게 보냈다.

학교에 다니는 것이 싫어서 도저히 견딜 수가 없었고, 아버지의 얼굴을 보는 것도 견딜 수가 없었다. 아주 어렸을 때, 준코는 아버지와 사이가 좋았다. 휴일이면 아버지와 함께 곧잘 여기저기 놀러 가곤 했다. 아버지의 손을 잡고 걷고 있으면, 괜스레 자랑스럽고 든든했다. 그러나 초등학교를 졸업할 무렵 생리가 시작되고, 음모가 돋고, 가슴이 부풀어 오르고 나서 아버지는 전과 다른 기묘한 시선으로 그녀를 바라봤다. 중학교 3학년이 되어 키가 170센티미터를 넘은 이후로는 아버지는 그녀에게 거의 한 마디도 말을 걸지 않게 되었다.

학교 성적도 자랑할 만한 정도는 아니었다. 중학교에 들어갈 때는 반에서 상위권에 속해 있었지만, 졸업할 때는 뒤에서 등수를 세는 쪽이 빨랐고, 고등학교에도 가까스로 들어갈 수 있었다. 머리가 나쁜 건 아니었다. 다만 사물에 정신을 집중할 수가 없었다. 무엇인가를 하기 시작해도 마지막까지 끝내지 못하게 되었다. 집중을 하려고 하면 머리가 아파왔다. 호흡이 힘들어지고 심장의 고동이 불규칙해졌다. 학교에 가는 건 고통일 뿐이었다.

그곳에 자리 잡은 지 얼마 뒤에 게이스케를 알게 되었다.

그녀보다 두 살이 많은 게이스케는 솜씨 좋은 서퍼였다. 큰 키에 머리칼을 갈색으로 물들였고 치열이 고르고 아름다웠다. 그는 파도가 좋다는 이유로 이 도시에 정착해 친구와 록 밴드를 결성했다. 이류 사립대학에 적을 두고 있었지만, 학교에 거의 가지 않은 탓에 졸업할 가망이 없었다. 부모는 미토 시내에서 오래된 제과점을 경영하고 있어서 게이스케로서는 만일의 경우 가업을 물려받을 수도 있었지만, 제과점 주인이 될 생각은 추호도 없었다. 언제까지나 친구들과 국산 트럭을 몰고 다니며 서핑을 하고, 아마추어 밴드에서 기타를 치면서 지냈으면 하고 생각했다. 하지만 아무리 생각해봐도 그런 속 편한 생활이 영구히 계속될 리는 없다.

준코가 미야케 씨와 친근하게 얘기를 나눌 수 있게 된 것은, 게이스케와 동거 생활을 시작한 뒤의 일이었다. 미야케 씨는 사십대 중반 정도로 보였으며, 마르고 왜소한 체구에 안경을 끼고 있었다. 얼굴은 가냘프고 머리칼은 짧았다. 수염이 짙게 나 있어서 저녁이 되면 늘 얼굴 전체가 그림자로 뒤덮인 것처럼 거무스름했다. 색 바랜 덩거리 셔츠나 알로하셔츠 자락을 바지 밖으로 내놓고, 구겨진 치노 바지를 입고, 낡은 흰 운동화를 신고 다녔다. 겨울이 되면 그 위에 주름투성이 가죽점퍼를 입고 다녔다. 이따금 야구 모자를 쓰기도 했다. 그 외의 옷차림을 하고 있는 것을 준코는 본 적이 없었다. 그러나 몸에 걸치고 있는 건 어느 것이나 꼼꼼하게 세탁된 것처럼 보였다.

가시마나다의 조그만 도시에는 간사이 사투리를 쓰는 사람이 없었기 때문에, 미야케 씨의 존재는 눈에 두드러졌다. 저 사람은 이 근처에 있는 집을 빌려 혼자 생활하면서 그림을 그리고 있어,라고 같이 일하는 점원이 가르쳐줬다. 음, 유명하거나 그런 건 아닌 것 같아. 그림도 본 적 없어. 하지만 생활은 제대로 하고 있는 것 같으니까 솜씨는 그럭저럭 괜찮은 게 아닐까? 이따금 도쿄에 가서 그림 재료 같은 걸 사가지고 저녁때 돌아오거든. 글쎄, 5년쯤 전부터 이곳에 살고 있는 것 같아. 혼자 해변에서 모닥불 피우고 있는 걸 자주 볼 수 있어. 틀림없이 모닥불을 좋아하는 모양이야. 늘 아주 열심히 불을 피우고 있으니까 말이야. 그다지 말도 없고 약간 괴짜이긴 하지만 나쁜 사람은 아닌 것 같아.

미야케 씨는 하루에 세 번은 편의점을 찾았다. 아침에는 우유와 빵과 신문을 사고, 낮에는 도시락을 사고, 저녁에는 차가운 캔 맥주와 간단한 안주를 사갔다. 그것이 매일매일 규칙적으로 되풀이되었다. 간단한 인사 외에는 특별히 얘기다운 얘기도 하지 않았지만, 준코는 그에게 자연스레 친근감을 느끼게 되었다.

어느 날 아침, 가게 안에 두 사람만 있게 되었을 때, 그녀는 큰맘 먹고 물어봤다. "아무리 가까운 곳에 살고 있다곤 하지만, 왜 그런 식으로 매일 끼니때마다 먹을 걸 사러 오시나요? 우유든 맥주든 한꺼번에 사다 냉장고에 넣어두면 될 텐데요. 그게 편하지 않으세요? 물론 저희야 물건을 팔기만 하면 되지만요."

"글쎄. 한꺼번에 사서 보관해두면 좋겠지만, 사정이 있어서 그렇게는 안 돼" 하고 미야케 씨가 말했다.

준코는 어떤 사정이냐고 물었다.

"뭐라고 할까, 그게 약간 복잡한 사정이라서."

"쓸데없는 걸 물어봐서 미안해요. 너무 기분 나쁘게 생각하진 마세요. 전 이해할 수 없는 게 있으면 물어보지 않고는 못 배기는 성미라서요. 악의는 없어요."

미야케 씨는 잠시 망설이다가 난처한 듯 머리를 긁적거렸다.

"사실 우리 집엔 말이야, 냉장고가 없어. 애당초 냉장고라는 걸 그리 좋아하지 않으니까."

준코는 웃었다. "저도 특별히 냉장고를 좋아하는 건 아니지만, 하나 가지고 있긴 해요. 없으면 불편하지 않으세요?"

"그야 물론 불편하지. 하지만 싫은 건 어쩔 수 없잖아. 냉장고가 있으면 마음 편히 잠을 잘 수가 없거든."

이상한 사람이라고 준코는 생각했다. 하지만 그 대화 덕분에 미야케 씨에 대해 더 깊은 흥미를 갖게 되었다.

그로부터 며칠 뒤, 저녁때 해변을 산책하다가 미야케 씨가 혼자서 모닥불을 피우고 있는 모습을 보게 되었다. 주변에 있는 유목을 주워 모아 만든 작은 모닥불이었다. 준코는 "아저씨" 하고 부르며 다가가서, 미야케 씨 곁에 서서 모닥불을 쬐었다. 나란히 서니까 준코의 키가 5센티미터쯤 더 컸다. 두 사람은 간단한 인사만 나누었을 뿐, 아무 말도 하지 않고 불을 바라봤다.

그때 모닥불의 불길을 바라보면서, 준코는 무엇인가를 문득 느꼈다. 뭔가 깊이가 있는 것이었다. 어떤 기분이 뭉친 덩어리라고 해야 좋을까, 관념이라고 부르기엔 너무도 생생하고 현실적인 무게를 지닌 것이었다. 그것은 준코의 몸속을 천천히 달려 빠져나갔고, 그리운 것 같은, 가슴을 옥죄는 것 같은, 이상한 감촉만을 남기고 어디론가 사라졌다. 그것이 사라진 후 한참 동안 그녀의 팔에는 소름 같은 것이 돋아 있었다.

"아저씨, 가만히 불의 모양을 보고 있다가 이따금 이상한 기분 같은 걸 느낄 땐 없으세요?"

"그게 무슨 말이지?"

"우리가 평소 생활에서는 특별히 느끼지 못하는 것이 이상하게도 생생히 느껴진다든가, 그런 거 말이에요. 뭐라고 할까… 머리가 나빠서 잘 표현하진 못하겠지만요. 이렇게 불을 보고 있으면, 까닭 없이 참 평화로운 기분이 돼요."

미야케 씨는 곰곰이 생각했다. "불이라는 건 말이야, 그 형태가 자유롭지. 자유롭기 때문에 보고 있는 사람의 마음에 따라 무엇으로든지 보이거든. 준코가 불을 보고서 평화로워진다면, 그건 준코 속에 있는 평화로운 마음이 거기에 비치기 때문이야. 그런 걸 이해할 수 있겠어?"

"네."

"하지만 모든 불이 다 그런 건 아니야. 그런 일이 일어나기 위해서는 불 모양이 자유롭지 않으면 안 돼. 가스스토브의 불에서는 그런 일이 일어나지 않거든. 라이터 불도 마찬가지야. 웬만한 모닥불도 안 돼. 불이 자유로워지려면 그렇게 되기 위한 공간을 이쪽에서 제대로 만들어주지 않으면 안 돼. 그리고 그건 누구나 쉽게 할 수 있는 일이 아니야."

"아저씨는 할 수 있으세요?"

"할 수 있을 때도 있고 없을 때도 있어. 하지만 대개는 할 수 있지. 마음만 담아서 한다면, 대개는 할 수 있어."

"모닥불을 좋아하시는군요."

미야케 씨는 고개를 끄덕였다.

"벌써 일종의 병같이 돼버렸지. 애당초 이런 배꼽의 땟자국 같은 곳에 내가 정착하게 된 것도, 이 해안에는 다른 어떤 해안보다 흘러들어오는 유목이 많기 때문이야. 오직 그 한 가지 이유뿐이야. 모닥불을 즐기기 위해 여기까지 와버린 거지. 정말로 어처구니없는 얘기지만."

준코는 그때부터 틈만 나면 미야케 씨의 모닥불 피우기에 어울리게 되었다. 밤중까지 사람들로 붐비는 한여름을 제외하고는 거의 1년 내내 모닥불을 피웠다. 유목이 모이는 양에 따라, 어떤 때는 일주일에 두 번 피우는가 하면, 한 달 내내 한 번도 피우지 않을 때도 있었다. 어쨌든 모닥불을 피우려 할 때면, 그는 반드시 준코의 방에 전화를 걸었다. 게이스케는 놀려대며 미야케 씨를 '너의 모닥불 친구'라고 불렀다. 하지만 남들보다 유난히 질투가 심한 게이스케도 미야케 씨에게만은 왠지 마음을 허락하고 있는 듯했다.

가장 커다란 유목에 불이 옮겨붙어 모닥불이 안정된 모습을 보였다. 준코는 모래밭에 주저앉아 꼼짝 않고 입을 다문 채 불길을 바라보고 있었다. 미야케 씨는 기다란 나뭇가지로 불길이 너무 빨리 퍼지거나 불기운이 약해지지 않도록 주의 깊게 조정하고 있었다. 그리고 이따금 여분으로 남겨둔 유목을 하나씩 적절한 구석에 던져 넣었다.

게이스케가 배가 아프다며 말을 꺼냈다. "왠지 배가 차가워진 느낌이야. 화장실에 가면 좋겠는데…."

"집에 가서 맘대로 누면 되잖아?" 하고 준코가 말했다.

"그래야겠어" 하고 게이스케가 일그러진 얼굴로 말했다. "넌 어떻게 할래?"

"준코는 내가 집까지 데려다줄 테니까 걱정하지 말게" 하고 미야케 씨가 말했다.

"그럼, 부탁드리겠습니다" 하고 말한 후 게이스케는 집으로 돌아갔다.

"저 녀석, 정말 바보예요." 준코는 고개를 흔들며 말했다. "도대체 술이라면 사족을 못 쓰고 과음을 해버린다니까요."

"그렇지만 준코, 젊을 때부터 너무 꾀가 많아 실수가 없다면 말이야, 그건 그것대로 재미없는 법이지. 저 녀석에게도 나름대로 좋은 점이 있잖아?"

"그럴지도 모르지만, 정말 아무것도 생각하지 않는다고요."

"젊다는 것도 힘든 일이로군. 아무리 생각해도 어쩔 수 없는 일도 있으니까 말이야."

두 사람은 다시 불 앞에서 한참 동안 잠자코 앉아 있었다. 두 사람은 각기 다른 것을 생각하고 있었다. 시간이 두 사람 따로따로의 경로를 따라서 흘러가고 있었다.

"아저씨, 마음에 조금 걸리는 일이 있는데, 물어봐도 괜찮겠죠?"

"무슨 일인데?"

"개인적인 일이에요. 아주 사사로운 일이죠."

미야케 씨는 손바닥으로 볼에 돋은 수염을 몇 번이나 벅벅 문질러댔다. "잘은 모르지만, 일단 무슨 일인지 물어보면 되잖아."

"미야케 아저씨, 혹시 어딘가에 사모님이 있는 게 아니에요?"

미야케 씨는 가죽점퍼 주머니에서 술병을 꺼내 뚜껑을 열고 천천히 위스키를 마셨다. 그리고 뚜껑을 닫고 주머니에 집어넣었다. 그러고는 준코의 얼굴을 봤다.

"왜 갑자기 그런 생각을 하게 됐지?"

"갑자기는 아니고요, 조금 전에 잠깐 그런 느낌이 들더라고요. 게이스케가 지진 얘기를 꺼냈을 때 미야케 아저씨 얼굴을 보고요. 그러니까 말이에요, 불을 보고 있을 때의 인간의 눈이란 비교적 정직한 거예요. 언젠가 아저씨가 저한테 말한 것처럼요."

"그런가."

"아이들도 있으세요?"

"아아, 있어. 둘이나."

"고베에 살고 있죠?"

"그래, 거기에 집이 있으니까. 아마 아직도 거기서 살고 있을 거야."

"고베의 어떤 동네죠?"

"히가시나다구區."

미야케 씨는 눈을 가늘게 뜨고 얼굴을 들어 검은 바다를 바라보더니, 다시 불로 시선을 돌렸다.

"그러니까 말이야, 게이스케를 바보라고 말할 수 없는 거야. 남의 일을 이러쿵저러쿵 말할 처지가 못 되는 거지. 나도 말이야, 아무것도 생각하고 있지 않거든. 멍청이의 왕초쯤 돼. 내 말 알아듣겠어?"

"그 얘기, 좀 더 하고 싶으세요?"

"아니, 하고 싶지 않아."

"그럼, 그만둬요. 하지만 전 아저씨를 좋은 분이라고 생각하고 있어요."

"그런 문제가 아니야." 미야케 씨는 고개를 흔들었다. 그러고는 손에 들고 있는 나뭇가지 끝으로 모래 위에 무늬 같은 것을 그렸다. "준코는 자신이 어떤 식으로 죽을지 생각해본 적 있어?"

준코는 한참 동안 생각하고 나서 고개를 저었다.

"난 말이야, 늘 생각하고 있지."

"아저씨는 어떤 식으로 죽고 싶은데요?"

"냉장고 속에 갇혀 죽는 거야. 흔히 있는 일이잖아. 어린 애가 버려진 냉장고 속에 들어가서 놀고 있는데 갑자기 문이 닫혀버려서, 그대로 그 안에서 질식해 죽어가는 이야기 말이야. 그렇게 죽고 싶은 거야."

모닥불 속의 커다란 나무토막이 옆으로 기우뚱 기울어지자 불똥이 사방으로 튀었다. 미야케 씨는 꼼짝 않고, 그저 바라보고만 있었다. 불길이 반사되어 그의 얼굴에 왠지 모를 비현실적인 그림자를 드리웠다.

"좁은 곳에서, 캄캄한 속에서 조금씩 조금씩 죽어가는 거야. 운 좋게 금방 질식사하면 좋겠지만, 그게 그렇게 간단하진 않아. 어딘가에서 희미하게 공기가 들어오고 있으니까 좀처럼 질식사할 수가 없어. 죽을 때까지는 엄청나게 긴 시간이 걸리지. 소리를 질러도 아무에게도 들리지 않아. 아무도 내가 그곳에 갇혀 있다는 걸 모르는 거야. 몸도 움직일 수 없을 만큼 좁은 곳이야. 아무리 몸부림쳐도 안쪽에서는 문을 열 수가 없지."

준코는 아무 말도 하지 않았다.

"그런 꿈을 여러 번 꾸곤 했지. 한밤중에 식은땀을 흠뻑 흘리면서 잠에서 깨어나는 거야. 천천히 천천히 어둠 속에서 몸부림치며 괴로워하면서 죽어가는 꿈이지. 하지만 잠이 깨도 아직 꿈은 끝나지 않아. 그게 이 꿈의 가장 무서운 점이지. 잠이 깨면 목구멍이 바싹 말라 있어. 부엌으로 가서 냉장고 문을 열지. 물론 우리 집엔 냉장고가 없으니까, 그게 꿈이라는 걸 당연히 알고 있어야 하는데, 그때는 그걸 깨닫지 못해. 이상하다고 생각하면서 문을 열어. 그러면 냉장고 속은 시커먼 암흑이야. 불이 꺼져 있어. 정전일까 하고 생각하면서 목을 안으로 집어넣지. 그러면 말이야, 냉장고 안에서 손이 쑥 뻗어 나와 내 목덜미를 움켜잡는 거야. 섬뜩하게도 죽은 사람의 손이야. 그 손이 내 목을 잡고 엄청난 힘으로 나를 냉장고 속으로 끌어들이지. 꺄악 하고 큰 소리를 질러대면서 이번에는 정말로 잠이 깨는 거야. 그런 꿈. 언제나 같은 꿈이야. 이 구석에서 저 구석까지 모두 같은 꿈. 그런데도 그 꿈을 꿀 때면 언제나 두렵고 무서워."

미야케 씨는 나뭇가지 끝으로 활활 타오르고 있는 통나무를 찔러서 본래의 위치로 돌려놓았다.

"너무나 생생해서 벌써 정말로 몇 번씩이나 죽은 것 같은 느낌이 들 정도야."

"언제쯤부터 그런 꿈을 꾸셨나요?"

"기억해낼 수 없을 정도로 아주 오래됐지. 이따금 그런 꿈에서 해방되는 시기도 있었어. 1년인가, 그렇지… 2년 정도 그런 꿈을 전혀 꾸지 않았던 적도 있었어. 그런 때는 여러 가지 일이 제대로 잘되어가는 것처럼 보였지. 하지만 언제나 반드시 되돌아오고 말아. 이제 됐다, 살았다 하고 생각할 때쯤 다시 시작되지. 그러면 어쩔 수가 없어. 어떻게 해볼 수가 없어."

미야케 씨는 고개를 흔들었다.

"준코에게 이런 어두운 얘기를 해봤자 아무 소용 없는 일이야."

"그렇지 않아요" 하고 준코는 말했다. 그러고는 담배를 입에 물고 성냥을 켰다. 연기를 듬뿍 빨아들였다. "얘기해주세요."

모닥불은 이제 슬슬 꺼져가고 있었다. 충분했던 여분의 나뭇조각들은 남김없이 불 속에 내던져져 있었다. 그렇게 생각해서 그런지 파도 소리가 조금씩 커져가고 있는 것 같았다.

"잭 런던이라는 미국인 작가가 있지."

"모닥불 이야기를 쓴 사람이죠?"

"맞아. 잘 알고 있군그래. 잭 런던은 아주 오랫동안, 자기는 결국 바다에 빠져 죽을 거라고 생각하고 있었어. 반드시 그런 식으로 죽을 거라고 확신하고 있었어. 언제든 발을 헛디뎌 밤바다에 떨어져 아무도 모르게 빠져 죽고 말 거라고."

"그는 정말 물에 빠져 죽었나요?"

미야케 씨는 고개를 흔들었다.

"아니, 모르핀을 마시고 자살했어."

"그럼 그 예감은 들어맞지 않았군요. 아니면, 억지로 들어맞지 않도록 했는지도 모르지만요."

“표면적으로는 그렇지” 하고 미야케 씨가 말했다. 그러고는 잠시 틈을 두었다. “하지만 어떤 의미에선 그가 틀린 게 아니야. 잭 런던은 시커먼 밤바다에 홀로 빠져 죽었어. 알코올중독이 되고, 절망을 온몸의 구석구석까지 스며들게 해서 고통에 몸부림치며 죽어갔던 거야. 예감이라는 건 말이야, 어떤 경우엔 역할을 대신하는 대역이라고 할 수 있어. 이를테면 죽음의 예감은, 실제로 죽는 건 아니지만, 죽음과 같은 체험을 느껴볼 수 있는 거지. 어떤 경우엔 말이야, 그런 대역은 현실을 뛰어넘어 생생한 것이 될 수도 있어. 그게 예감이라는 행위의 가장 무서운 점이야. 그런 걸 이해할 수 있겠어?”

준코는 한참 동안 생각해봤다. 알 수가 없었다.

“내가 어떤 식으로 죽으면 좋을까 하는 건 생각해본 적도 없어요. 그런 걸 어떻게 미리 생각해요. 어떻게 살아가야 할지도 아직 전혀 감이 안 잡히는걸요.”

미야케 씨는 고개를 끄덕였다. “그건 그렇지. 하지만 죽는 방식에서 거꾸로 사는 방식을 이끌어낼 수도 있지 않겠어?”

“그게 아저씨가 사는 방식인가요?”

“모르겠어. 때로는 그렇게 생각될 때도 있지만 말이야.”

미야케 씨는 준코 옆에 앉았다. 그는 다른 때보다도 야위고 늙은 것처럼 보였다. 귀의 윗부분까지 자란 머리칼이 뻗쳐 있는 게 보였다.

"아저씨는 어떤 그림을 그리고 있나요?"

"그걸 설명하는 건 엄청나게 힘들어."

준코는 질문을 바꿨다. "가장 최근에는 어떤 그림을 그렸나요?"

"「다리미가 있는 풍경」. 사흘 전에 모두 끝냈어. 방 안에 다리미가 놓여 있지. 그저 그뿐인 그림이야."

"그걸 설명하는 게 왜 어렵다는 거죠?"

"그건 사실 다리미가 아니기 때문이지."

준코는 미야케 씨의 얼굴을 쳐다봤다. "다리미가 다리미가 아니라는 얘긴가요?"

"맞아."

"그러니까 그건 어떤 다른 것을 대신해 거기에 놓여 있다는 거죠?"

"그럴지도 모르지."

"그럼 그건 무엇인가를 대역으로 세우지 않고는 그릴 수 없다는 건가요?"

미야케 씨는 잠자코 고개를 끄덕였다.

하늘을 올려다보니 전보다 훨씬 많은 별들이 떠 있었다. 달이 상당히 먼 거리를 이동했다. 미야케 씨가 손에 들고 있던 기다란 나뭇가지를 마지막으로 불 속에 던져 넣었다. 준코는 그의 어깨에 살며시 몸을 기댔다. 미야케 씨의 옷에는 몇백 개의 모닥불에 그을린 냄새가 깊숙이 배어 있었다. 그녀는 그 냄새를 깊숙이 들이마셨다.

"아저씨."

"왜?"

"저는 속이 텅텅 비어 있어요."

"그래?"

"네."

눈을 감으니까 아무런 이유 없이 눈물이 쏟아져 나왔다. 눈물은 차례로 뺨을 타고 내려가 떨어졌다. 준코는 오른손으로 미야케 씨 치노 바지의 무릎 근처를 힘주어 꽉 움켜잡았다. 몸이 가늘게 부들부들 떨렸다. 미야케 씨는 팔을 그녀의 어깨에 두르고 조용히 끌어당겼다. 그래도 눈물은 멎지 않았다.

"정말로 아무것도 없다고요" 하고 그녀는 한참 있다가 갈라진 목소리로 말했다. "깨끗이 텅 비어 있다고요."

"알고 있어."

"정말로 알고 있어요?"

"그런 건 꽤 자세히 알고 있으니까."

"어떻게 하면 좋을까요?"

"한숨 푹 자고 일어나보면 대개는 낫지."

"그렇게 간단한 게 아니에요."

"그럴지도 모르지. 그렇게 간단한 건 아닐지도 몰라."

통나무의 어딘가에 스며들어 있던 수분이 증발할 때 나는 쉭쉭 소리가 들려왔다. 미야케 씨는 얼굴을 들어 눈을 가늘게 뜨고서 잠시 그걸 바라봤다.

"그럼, 어떻게 하면 되는 거예요?"

"글쎄… 어때, 지금 나랑 같이 죽을까?"

"좋아요. 죽어도."

"진짜로?"

"진짜예요."

미야케 씨는 준코의 어깨를 감싸 안은 채 잠시 입을 다물고 있었다. 준코는 보기 좋게 반질반질 닳은 가죽점퍼 속에 얼굴을 파묻고 있었다.

"어쨌든 모닥불이 모두 꺼질 때까지 기다리자. 애써 피운 모닥불이잖아. 최후까지 같이 있고 싶어. 이 불이 꺼지고 칠흑같이 어두워지면, 같이 죽자."

"좋아요" 하고 준코는 말했다. "하지만 어떻게 죽을 거죠?"

"생각해보자꾸나."

"그래요."

준코는 모닥불 냄새에 감싸인 채 눈을 감고 있었다. 준코의 어깨를 감싸 안은 미야케 씨의 손은 성인 남자치고는 작고 묘하게 울퉁불퉁했다. 나는 이 사람과 함께 살아갈 수는 없을 거라고 준코는 생각했다. 내가 이 사람의 마음속에 들어가는 건 전혀 불가능하니까. 그렇지만 함께 죽는 거라면 가능할지도 모른다.

그런데 미야케 씨의 팔에 안겨 있는 동안 차츰 졸음이 몰려왔다. 틀림없이 위스키 탓이다. 나뭇조각은 대부분 재가 되어 부스러져버렸지만, 가장 굵은 유목은 여전히 오렌지색으로 빛나고 있었으며, 그 조용한 따스함을 피부에 느낄 수 있었다. 그게 모두 타버릴 때까지는 시간이 한참 걸릴 것 같다.

"조금 자도 돼요?" 하고 준코는 물었다.

"좋아."

"모닥불이 꺼지면 깨워줄 거예요?"

"걱정하지 마. 모닥불이 꺼지면 추워지니까, 싫어도 눈이 떠질 거야."

그녀는 머릿속에서 그 말을 되뇌었다. 모닥불이 꺼지면 추워지니까, 싫어도 눈이 떠진다. 그러고 나서 몸을 웅크리고는 잠시 동안의, 그러나 깊은 잠에 빠져들었다.

신의
아이들은
모두
춤춘다

◐

요시야는 최악의 숙취 속에서 잠이 깼다. 눈을 뜨려고 갖은 애를 썼지만 한쪽 눈밖에 떠지질 않는다. 왼쪽 눈꺼풀이 말을 듣지 않는 것이다. 밤사이에 머릿속이 충치로 가득 차버린 듯한 감촉이 있었다. 썩기 시작한 잇몸에서 더러운 고름이 빠져나와, 뇌수를 안쪽에서부터 조금씩 녹여가고 있다. 그대로 내버려둔다면 뇌수는 곧 사라져버리고 말 것이다. 하지만 그렇게 된다면, 그래도 어쩔 수 없지 않은가, 하는 기분도 들었다. 할 수만 있다면 좀 더 자고 싶다. 그러나 더 이상 잠을 잘 수 없다는 걸 잘 알고 있었다. 잠을 자기에는 기분이 너무 나쁘다.

머리맡에 있는 시계에 눈길을 줬지만, 시계는 어찌 된 영문인지 사라지고 없었다. 시계가 있어야 할 자리에 시계가 없는 것이다. 안경도 없다. 아마 무의식중에 어딘가로 팽개쳐버린 모양이었다. 전에도 똑같은 짓을 했다.

일어나야 한다고 생각했지만, 몸을 절반쯤 일으켰을 뿐인데도 의식이 마구 엉클어져서 다시 베개 위로 털썩 얼굴을 파묻어버렸다. 근처를 빨래 장대 판매차가 지나가고 있었다. 필요 없는 빨래 장대를 거둬가고, 새것으로 교환해준다. 빨래 장대 값은 20년 전과 똑같다고, 스피커의 목소리는 주장하고 있었다. 억양 없는, 김빠진 것 같은 중년 남자의 목소리였다. 그 목소리를 듣고 있으려니 뱃멀미를 하는 것처럼 의식이 몽롱해졌다. 하지만 가슴만 울렁거릴 뿐, 토할 수는 없다.

숙취로 고생하고 있을 때에는 언제나 텔레비전으로 아침 와이드 쇼를 본다는 친구가 있었다. 거기에 나오는 연예 리포터들의 귀에 거슬리는 마녀 사냥꾼 목소리를 듣고 있으면, 전날 밤부터 위 속에 남아 있는 걸 손쉽게 토해낼 수 있다고 했다.

하지만 그날 아침의 요시야에게는 몸을 일으켜 텔레비전 앞까지 갈 기운이 없었다. 숨을 쉬는 것조차 귀찮은 것이다. 투명한 빛과 흰 연기가 눈 안쪽 깊은 곳에 난잡하고 집요하게 뒤섞여 있었다. 전망이 묘하게 단조로웠다. 죽는다는 건 이런 것일까, 하고 그는 문득 생각했다. 어쨌든 이런 생각은 한 번이면 족하다. 지금 이대로 죽어도 좋다. 그러니까 신이시여, 제발 부탁이니 앞으로 두 번 다시 똑같은 꼴은 당하지 않게 해주세요.

신을 찾다가 어머니를 떠올렸다. 물을 마시고 싶어서 어머니를 부르려고 했지만, 목소리를 막 내려고 하다가 지금 이 집엔 자기밖에 없다는 걸 깨달았다. 어머니는 사흘 전, 다른 신자들과 함께 간사이 지방으로 떠났다. 정말 사람은 각양각색이구나, 하고 그는 생각했다. 어머니는 신의 사자使者로서 자원봉사를 하고, 아들은 초중량급의 숙취에 시달리고 있다. 일어날 수가 없다. 왼쪽 눈조차 아직 떠지질 않는다. 누구하고 이토록 술을 마셨더라. 전혀 기억나지 않는다. 생각해내려 하자, 머릿속이 돌로 변해간다. 나중에 천천히 생각해보자.

아마 아직 정오는 되지 않았을 것이다. 그러나 커튼 틈새로 흘러들어오는 눈부신 빛으로 미루어, 열한 시는 지났을 거라고 요시야는 짐작했다. 직장이 출판사이기 때문에, 그처럼 젊은 직원도 약간의 지각은 너그럽게 봐줬다. 그 시간만큼 야근을 하면 근무 시간이 대충 채워진다. 그러나 오후가 되어 출근하면 상사에게서 종종 싫은 소리를 듣곤 했다. 불쾌한 말은 귓등으로 흘려보낼 수 있었지만, 취직을 알선해준 친지인 신자분에게 폐를 끼치고 싶지는 않았다.

결국 집을 나온 것은 한 시가 다 되어서였다. 여느 때 같았으면 적당한 이유를 만들어 회사를 쉬었을 테지만, 지금은 무슨 일이 있어도 오늘 안에 편집해서 출력을 끝내야 할 문서가 디스크 안에 담겨 있었고, 그건 다른 사람에게 맡길 수 없는 작업이었다.

어머니와 둘이서 살고 있는 아사가야의 임대아파트를 나와 주오선으로 요츠야까지 간 다음, 그곳에서 마루노우치선으로 갈아탔다. 그리고 가스미가세키까지 가서 히비야선으로 다시 갈아탄 다음, 가미야초역에서 내렸다. 비틀거리는 다리로 많은 계단을 오르고, 많은 계단을 내려갔다. 가미야초역 근처에 그가 근무하고 있는 출판사가 있었다. 해외여행 관련 서적을 전문으로 하는 작은 출판사였다.

그날 밤 열 시 반쯤, 귀갓길에 가스미가세키역에서 전철을 갈아탈 때, 그는 귓불이 없는 남자를 봤다. 나이는 오십대 중반이고, 머리는 반쯤 백발이 되어 있다. 큰 키에 안경은 끼지 않았으며, 고풍스러운 트위드 오버코트를 입고, 오른손에 가죽 가방을 들고 있었다. 남자는 히비야선의 플랫폼에서 지요다선 플랫폼을 향해, 깊은 생각에 잠겨 있는 사람처럼 느린 걸음으로 걷고 있었다. 요시야는 망설이지 않고 뒤를 따라갔다. 정신을 차려보니 목구멍 안쪽이 낡은 가죽처럼 바짝 말라 있었다.

요시야의 어머니는 마흔세 살이지만, 삼십대 중반으로밖에 보이지 않았다. 얼굴 생김새가 단정하여 자못 청초한 느낌을 줬다. 밥을 조금 먹고 아침저녁으로 하는 강도 높은 체조 덕분에 아름다운 몸매를 유지하고 있었으며, 피부에는 윤기가 돌았다. 요시야와는 열여덟 살밖에 차이가 나지 않아, 늘 누나로 오해받곤 했다.

게다가 그녀에게는 어머니로서의 자각이 희박했다. 어쩌면 그냥 단순히 괴상했다. 요시야가 중학교에 들어가 성적 호기심에 눈뜬 후에도 태연하게 속옷 바람으로, 어떤 때는 알몸으로 집 안을 돌아다녔다. 그래도 침실은 따로 쓰고 있었는데, 밤중에 외로워지면 거의 아무것도 걸치지 않은 채 그의 방으로 와서 이불 속으로 기어들곤 했다. 그리고 강아지나 고양이처럼 요시야의 몸을 부둥켜안고 잤다. 어머니에게 불순한 생각이 없다는 건 잘 알고 있었지만 그럴 때 요시야의 마음은 결코 편치 않았다. 발기하고 있는 것을 어머니에게 들키지 않기 위해 그는 굉장히 부자연스러운 자세를 취해야만 했다.

어머니와 치명적인 관계에 빠지는 게 두려웠기 때문에, 요시야는 손쉽게 섹스 상대를 해줄 여자친구를 필사적으로 찾아다녔다. 그런 상대가 없을 때에는 일부러 정기적으로 마스터베이션을 했다. 고등학생 때부터 아르바이트해서 번

돈으로 매음촌까지 드나들었다. 그런 행위는 남아도는 성욕을 해소하기 위해서라기보다는 오히려 공포심 때문에 생겨난 것이었다.

적당한 시기에 집을 나와 혼자서 생활을 시작해야 했을 것이다. 요시야는 그 문제로 많은 고민을 했다. 대학에 입학했을 때도, 취직을 했을 때도, 늘 그 문제로 고민할 때가 많았다. 그러나 스물다섯 살이 된 지금에 이르기까지 그는 결국 집을 나올 수 없었다. 어머니를 홀로 내버려두면 무슨 일을 저지를지 모른다는 것도 그 이유 중 하나였다. 요시야는 지금까지, 어머니가 돌발적이고 종종 파멸적인 (그리고 선의에 가득 찬) 발상을 실행에 옮기려 하는 것을 전력을 기울여 막아왔던 것이다.

만일 느닷없이 집을 나가겠다는 말을 꺼내면, 틀림없이 한바탕 큰 소동이 벌어질 것이다. 요시야와 언젠가 따로 떨어져 살아가야 하는 날이 올지도 모른다는 걸 어머니는 단 한 번도 생각해본 적이 없을 것이다. 열세 살이 되었을 때 신앙을 버리겠다고 선언하자, 어머니가 얼마나 깊은 비탄에 빠져 망연자실했는지, 요시야는 지금도 잘 기억하고 있다. 보름 동안 거의 아무것도 먹지 않고, 말도 하지 않고, 목욕도 하지 않고, 머리도 빗지 않고, 속옷도 갈아입지 않았다. 생리 뒤처리조차 제대로 하지 않았다. 그처럼 더럽고 냄새 나는 어머니를 본 것은 처음이었다. 그런 일이 재현될지도 모른다고 상상만 해도 요시야의 마음은 아파왔다.

요시야에게는 아버지가 없었다. 태어날 때부터 그에게는 어머니밖에 없었다. 요시야의 아버지는 '신주님'(그들은 자신들의 신을 그런 이름으로 불렀다)이란다, 하고 어머니는 어릴 적부터 그에게 되풀이해 얘기해주곤 했다. '신주님'이니까 하늘 위에 계실 수밖에 없단다. 우리와 함께 살 수가 없단다. 하지만 아버지이신 그분은 언제나 요시야를 신경 쓰며 돌봐주고 계신단다.

어릴 적부터 요시야의 '지도자 역할'을 맡았던 다바다 씨도 같은 말을 했다.

"분명히 네겐 이 세상의 아버지는 없단다. 그에 대해 이러쿵저러쿵 쓸데없는 말을 하는 사람도 세상엔 있을 거야. 유감스러운 일이지만, 이 세상에 있는 많은 사람들은 눈이 어두워서 진실한 모습을 잘 볼 수가 없어. 하지만 요시야, 네 아버지이신 분은 세계 그 자체란다. 넌 그 사랑 속에 깊이 감싸여 살고 있는 거야. 그걸 자랑으로 생각하고 올바르게 살아가야 한다."

"그런데 신은 모든 사람의 것이잖아요?" 초등학교에 갓 들어간 요시야는 그렇게 물었다. "아버지라는 건 사람마다 각각 가지고 있어야 하는 거 아닌가요?"

"내 말 잘 들으렴, 요시야. 네 아버지이신 그분은 언젠가 너만의 것으로서 네 앞에 모습을 보이실 거야. 예상도 못 한 때에, 예상도 못 한 장소에서 넌 그분을 만날 수 있을 거야. 하지만 만일 의심하는 마음을 품거나 신앙심을 버리게 된다면, 실망하셔서 영원히 네 앞에 모습을 보이지 않으실지도 몰라. 알았니?"

"알겠어요."

"내가 한 말을 잊지 않을 거지?"

"네, 잊어먹지 않을게요, 아저씨."

하지만 솔직히 요시야는 그 말을 잘 이해할 수 없었다. 자기가 '신의 아들'과 같은 특별한 존재라고는 생각할 수 없었기 때문이다. 아무리 생각해도 그는 어디에나 있는 보통 아이였다. 아니, 그보다는 오히려 '보통보다 약간 뒤처진' 아이였다. 눈에 띄는 것도 없었고, 항상 실수만 저질렀다. 그건 초등학교 고학년이 되어서도 마찬가지였다. 학업 성적은 고만고만했지만, 스포츠에 관해서는 구제할 길이 없었다. 걸음이 느리고 바싹 마른 데다 근시에 손재주도 없었다. 야구 시합에 나가면 공중에 뜬 공을 떨어뜨렸다. 같은 팀 동료들은 불만을 터뜨렸고, 구경하고 있던 여학생들은 킥킥대며 웃었다.

그는 잠자리에 들기 전에 아버지인 신에게 기도를 드렸다. 언제까지나 변함없이 신앙심을 굳게 지켜나갈 테니까, 외야 플라이볼을 잘 잡을 수 있게 해주세요. 그것뿐입니다. 그 밖에는 (지금 당장은) 아무것도 바라지 않습니다. 만약 정말로 신이 아버지라면, 그 정도의 소원은 들어줘도 될 것이었다. 하지만 소원은 이루어지지 않았다. 외야 플라이볼은 그의 글러브에서 계속 빠져나갔다.

"요시야, 그건 '신주님'을 시험하는 거야" 하고 다바다 씨는 단호하게 말했다. "기도하는 건 나쁜 게 아니야. 하지만 넌 좀 더 큰 것, 좀 더 넓은 것을 위해 기도해야 해. 구체적인 무엇에 대해, 기한을 정해놓고 기도하는 건 올바른 일이 아니란다."

요시야가 열일곱 살이 되었을 때, 어머니는 그의 출생 비밀(과 같은 것)을 살짝 내비쳤다. 이제 요시야도 그걸 알아도 좋을 시기니까 말이야, 하고 어머니는 말했다.

"아직 십대였을 때, 난 깊은 어둠 속에서 살고 있었단다. 내 영혼은 갓 생겨난 진흙 바다처럼 혼란스럽고 어지러웠어. 진실의 빛은 어두운 구름 뒤에 숨어 있었지. 그래서 난 몇 명의 남자와 사랑도 없이 마구와이 섹스의 옛말 를 했단다. 마구와이가 뭔지 알고 있지?"

알고 있다고 요시야는 말했다. 성에 관한 얘기가 나오면 어머니는 가끔 굉장히 고풍스러운 말을 사용했다. 그는 그때쯤 이미 몇 명의 여성과 사랑도 없이 마구와이를 하고 있었다.

어머니는 얘기를 계속했다. "처음으로 임신한 건 고등학교 2학년 때였단다. 그땐 그게 특별히 대단한 일이라고 생각하지 않았어. 친구가 소개해준 병원에 가서 낙태 수술을 받았지. 산부인과 의사는 젊고 친절한 사람으로, 수술 뒤에 피임에 관해 강의를 해줬어. 낙태는 신체나 마음에 좋은 결과를 미치지 않고 성병 문제도 있으니까, 반드시 이걸 사용하라고 하면서 새 콘돔을 한 통 줬어.

난 콘돔이라면 꼭 사용했다고 말했지. 그러자 의사 선생님은 말했어. '그렇다면 착용 방법이 잘못됐나 보군. 의외로 사람들은 올바른 사용법을 모르고 있거든.' 하지만 난 그렇게 바보가 아니야. 굉장히 신경 써서 피임을 하고 있었거든. 옷을 벗으면 즉시 내 손으로 상대에게 콘돔을 씌워줬지. 남자란 믿을 수 없다고 생각했으니까. 콘돔에 대해서는 잘 알고 있겠지?"

알고 있다고 요시야는 말했다.

"두 달 뒤에 또 임신을 했단다. 전보다 훨씬 신경을 많이 썼는데도, 임신을 해버린 거야. 믿을 수가 없더구나. 그래도 어쩔 수 없으니까, 같은 의사를 찾아갔지. 의사 선생님은 나를 보고 이렇게 말하더구나. '주의하라고 말한 지 얼마 되지도 않았잖아? 도대체 생각이 있는 거야, 없는 거야?' 난 울면서 얼마나 피임에 신경 썼는지 자세히 설명했어. 하지만 믿어주지 않더구나. '제대로 콘돔을 씌웠다면 이런 일이 일어날 리 없다'고 꾸중을 했지.

다 얘기하자면 길어지는데, 그로부터 반년쯤 지나 약간 이상한 일이 있어서 난 그 의사와 마구와이를 하게 되었단다. 그때 그는 서른 살이었고, 아직 독신이었어. 얘기는 따분하게 하지만 정직하고 제대로 된 사람이었지. 오른쪽 귓불이 없었는데, 어릴 때 개한테 물어뜯겼기 때문이라고 했어. 길을 걸어가고 있는데, 본 적도 없는 커다란 검은 개가 덤벼들어 귀를 물어뜯었다는 거야. 그래도 귓불만 뜯긴 게 다행이라고 그 사람은 말하더구나. 귓불이 없어도 사는 데 지장은 없다고. 코라면 그렇게는 안 되겠지. 확실히 그 말이 맞는다고 나도 생각했지.

그와 사귀는 동안 난 점점 정상적인 나 자신을 되찾게 됐어. 그와 마구와이를 하고 있으면 쓸데없는 생각은 하나도 들지 않았어. 난 그의 절반밖에 없는 귀까지도 좋아하게 됐지. 그는 자기 일에 열심인 사람이라, 잠자리에서도 피임 강의를 했어. 언제 어떻게 콘돔을 끼우고, 언제 어떤 식으로 빼면 되는가에 대해서. 트집을 잡을 수 없는 멋진 피임법이었지. 그런데도 난 또다시 임신을 하고 만 거야."

어머니는 연인인 의사를 찾아가서 임신한 것 같다고 말했다. 의사는 검사를 하고 결과를 확인했다. 그러나 자기가 아이 아버지라는 걸 인정하지 않았다. 나는 전문가로서 완벽한 피임을 했다,고 그는 말했다. 그러니까 네가 다른 남자와 관계를 가졌다고밖에 생각할 수가 없다.

"난 그 말을 듣고 엄청난 상처를 받았어. 분노로 온몸이 떨렸지. 내가 상처받은 기분을 이해할 수 있겠니?"

이해할 수 있다고 요시야는 말했다.

"그와 사귀고 있는 동안에는 다른 남자하고 일절 마구와이를 하지 않았어. 그런데도 그는 나를 그렇고 그런 불량소녀로밖에 생각하지 않았던 거야. 그 이후로는 두 번 다시 그를 만나지 않았지. 낙태 수술도 받지 않았어. 그냥 이대로 죽어버리려고 생각했거든. 만일 그때 다바다 씨가 휘청휘청 길을 걷고 있는 나를 보고 말을 걸어오지 않았더라면, 분명히 난 오지마 섬으로 가는 배를 타고, 갑판에서 바다로 뛰어내려 죽었을 거야. 죽는 건 조금도 무섭지 않았으니까. 내가 그때 죽었다면, 물론 요시야는 이 세상에 태어나지도 않았겠지. 하지만 다바다 씨의 인도 덕분에 난 이렇게 구원받았어. 가까스로 진실의 빛을 발견할 수 있었어. 그리고 주위에 있는 신자분들의 도움을 받아 요시야를 이 세상에 낳게 된 거란다."

어머니를 만났을 때, 다바다 씨는 말했다.

그렇게 확실히 피임했는데도 당신은 임신을 했습니다. 그것도 세 차례나 계속해서 임신했어요. 우연한 사고라고 생각하십니까? 난 그렇게 생각하지 않습니다. 세 번이나 겹친 우연은 이미 우연이 아닙니다. 셋이라는 건 바로 '신주님'의 현시를 나타내는 숫자입니다. 바꿔 말하면, 오자키 씨, '신주님'께선 당신이 아이를 갖는 걸 요구하고 계신 겁니다. 오자키 씨, 그 아인 누구의 아이도 아닙니다. 하늘에 계시는 분의 아이입니다. 난 태어날 그 사내아이에게 아주 좋고 선하다는 뜻으로 요시야善也라는 이름을 붙이겠습니다.

다바다 씨의 예언대로 사내아이가 태어나서 요시야라는 이름을 붙였고, 어머니는 더 이상 누구와도 마구와이를 하지 않고 신의 사자로서 살게 되었다.

"그렇다면" 하고 요시야는 머뭇거리면서 말했다. "내 아버지는 생물학적으로 말하면, 그 산부인과 의사라는 얘기가 되는 거군요."

"그렇지 않아. 그는 피임을 완벽하게 했어. 그러니까 다바다 씨가 말씀하셨듯이 요시야의 아버지는 '신주님'이시란다. 육체적인 마구와이에 의해서가 아니라, '신주님'의 의지에 의해 요시야는 이 세상에 태어난 거야." 어머니는 타오르는 듯한 눈으로 단호하게 말했다.

어머니는 그렇게 마음속으로 굳게 믿고 있는 것 같았다. 그러나 요시야는 그 산부인과 의사야말로 자기 아버지라고 확신했다. 틀림없이 사용한 콘돔에 물리적인 문제가 있었던 것이다. 그것 말고는 생각할 수가 없는 것 아닌가?

"그런데 그 의사 선생님은 어머니가 나를 낳았다는 걸 알고 있어요?"

"아마 모르고 있을 거야" 하고 어머니는 말했다. "알고 있을 리가 없지. 그 이후로는 만난 적도 없고 연락도 하지 않았으니까 말이야."

그 남자는 지요다선의 아비코행 전철에 탔다. 요시야도 뒤따라 같은 차량에 올라탔다. 밤 열 시 반이 지난 전차는 그다지 붐비지 않았다. 남자는 자리에 앉아 가방 안에서 읽다 만 잡지를 꺼내 펼쳐 보고 있었다. 무슨 전문 잡지처럼 보였다. 요시야는 맞은편에 앉아, 손에 쥐고 있던 신문을 펼치고 읽는 척했다. 남자는 야위고 꼼꼼해 보였으며, 이목구비가 또렷한 얼굴을 하고 있었다. 왠지 모르게 의사 같은 분위기가 있다. 나이도 들어맞는다. 그리고 오른쪽 귓불도 없다. 그건 확실히 개에게 물려 찢긴 것처럼 보이기도 한다.

이 남자가 생물학적인 아버지임에 틀림없다고 요시야는 직감적으로 생각했다. 그러나 이 남자는 나라는 아들이 이 세상에 존재한다는 것조차 모르고 있을 것이다. 그리고 내가 여기서 그 사실을 털어놓는다 해도 쉽게 믿어주지 않을 것이다. 그는 어쨌든 전문가로서 완벽한 피임을 했으니까.

전철은 신오차노미즈를 지나고 지다키를 지나고 마치야를 지난 다음 이윽고 지상으로 나왔다. 역에 정차할 때마다 승객 수가 줄어들었다. 하지만 남자는 한눈 한 번 팔지 않은 채 잡지를 읽고 있었다. 자리에서 일어날 기미도 없다. 요시야는 이따금 시선 끝으로 남자의 모습을 곁눈질하면서 석간신문을 읽는 둥 마는 둥 하며, 그 사이사이에 어젯밤 일을 잠깐씩 떠올렸다. 요시야는 대학 시절의 친구와, 그 친구와 아는 사이인 두 여자와 함께 롯폰기로 술을 마시러 갔다. 그 뒤에 넷이서 디스코텍에 들어간 기억이 있다. 그런 전후 사정이 머릿속에 되살아났다. 그래서 결국 상대 여자와 섹스를 했던가? 아니, 아마 아무 짓도 못 했을 것이다. 너무 많이 취해 있어서 마구와이는 무리였다.

석간신문의 사회면은 여전히 지진 관련 기사로 메워져 있었다. 어머니와 다른 신자들은 오사카에 있는 교단 시설에서 묵고 있을 것이다. 그들은 매일 아침 등산용 배낭에 생활

필수품을 가득 담아 전철로 갈 수 있는 곳까지 간 뒤, 부서진 기와와 벽돌로 매몰된 국도를 따라 고베까지 걸어갔다. 그리고 사람들에게 생필품을 나눠줬다. 등산용 배낭의 무게는 15킬로그램이나 된다고 어머니는 전화로 말했다. 그곳은 자신으로부터도, 그리고 맞은편에 앉아서 열심히 잡지를 읽고 있는 남자로부터도 몇 광년이나 멀리 떨어져 있는 것처럼 요시야에겐 느껴졌다.

초등학교를 졸업할 때까지 요시야는 일주일에 한 번은 어머니와 함께 선교 활동을 나갔다. 어머니는 교단에서 가장 선교 성적이 좋았다. 미인인 데다 젊어 보이고, 자못 좋은 집안 출신처럼 보여서(사실 좋았다), 남에게 호감을 갖게 했다. 게다가 어린 사내아이의 손까지 잡고 있었다. 그녀가 앞에 있으면 대부분의 사람들은 경계심을 풀었다. 종교에는 흥미가 없지만, 얘기를 들어주는 것 정도라면 상관없지 않겠냐는 기분이 되었다. 그녀는 수수한(그러나 몸매의 곡선을 아름답게 드러내는) 옷을 입고 집집마다 돌아다니면서 사람들에게 선교 팸플릿을 건넸다. 결코 강요하지 않는 태도로 신앙을 갖는 것의 행복에 대해 상냥하게 들려주고, 무슨 곤란한 일이나 고민이 있으면 꼭 우리 교단을 찾아달라는 말을 잊지 않았다.

"우리는 무엇인가를 무리하게 강요하거나 하지 않습니다. 우리는 손을 내밀 뿐입니다" 하고 그녀는 뜨거운 목소리로, 타오르는 듯한 눈으로 얘기했다. "저 자신도 일찍이 영혼의 깊은 어둠 속을 헤매고 다녔을 때 이 가르침으로 구원을 얻었습니다. 저는 그때, 아직 배 속에 있던 이 아이와 함께 바다에 몸을 던져 죽으려고 결심하고 있었습니다. 하지만 하늘에 계신 분의 손에 의해 구원을 받았고, 지금은 이 아이와 함께, 그리고 '신주님'과 함께 사는 영광을 누리고 있습니다."

요시야는 어머니 손에 이끌려 낯선 집들을 돌아다니는 것을 특별히 고통스럽게 느끼지는 않았다. 그때의 어머니는 다정했으며 그 손은 따뜻했다. 차갑게 문전박대를 당하는 일도 비일비재했지만, 그때뿐으로 이따금 친절한 말을 들으면 기뻤다. 새로운 신자가 생겼을 때는 자랑스럽게 생각하곤 했다. 이것으로 아버지 하느님도 자기를 조금은 인정해주실지 모른다고 요시야는 생각했다.

그러나 중학교에 진학한 후 얼마 지나지 않아 요시야는 신앙을 버렸다. 독립한 자아가 자기 안에서 눈을 떠감에 따라, 사회 통념과 양립할 수 없는 교단의 독자적인 엄격한 계율을 그대로 받아들이는 것은 현실적으로 어려운 일이었다. 그것만이 아니었다. 가장 근본적인 부분으로, 요시야를 결정적으로 신앙에서 멀어지게 한 것은 아버지라는 존재의 끝없는 냉담함이었다. 어둡고 무겁고, 침묵하는 돌 같은 마음이었다. 아들이 신앙을 버렸다는 사실은 어머니를 무척 슬프게 만들었지만, 신앙을 버리겠다는 요시야의 결의는 흔들리지 않았다.

남자가 잡지를 가방에 집어넣고 자리에서 일어나 문으로 향한 것은 지바현으로 들어가기 바로 직전의 역에서였다. 요시야도 뒤따라 전철에서 내렸다. 남자는 주머니에서 정기 승차권을 꺼내 개찰구를 빠져나갔다. 하지만 요시야는 개찰구에 줄을 서서 초과 승차 요금을 현금으로 정산하지 않으면 안 되었다. 그래도 남자가 역 앞에서 택시에 올라탈 때쯤 간신히 따라잡을 수 있었다. 요시야는 바로 뒤의 택시에 올라탄 다음 지갑에서 새로 나온 1만 엔짜리 지폐를 꺼냈다.

"저 차 뒤를 따라가주시겠습니까?"

운전사가 의심스러운 눈초리로 요시야의 얼굴을 봤다. 그러고 나서 1만 엔짜리 지폐를 봤다.

"손님, 위험한 일은 아니겠죠? 범죄와 관련되어 있거나 말입니다."

"아닙니다, 걱정 마세요" 하고 요시야는 말했다. "보통 있는 미행 조사니까요."

운전사는 잠자코 1만 엔짜리 지폐를 받아 들고, 차를 출발시켰다.

"하지만 요금은 별도예요. 미터기를 꺾겠습니다."

두 대의 택시는 셔터를 내린 상점가를 벗어나, 어두운 공터 몇 군데를 지난 다음, 창문에 불이 켜진 커다란 병원 앞을 지나서, 잘게 구획된 싸구려 전매 주택이 늘어서 있는 지역을 빠져나갔다. 도로에 차들이 거의 없어서 미행 자체는 어렵지 않았고, 스릴도 없었다. 운전사는 눈치 빠르게 가끔씩 차 사이의 거리를 넓혔다 좁혔다 했다.

"불륜 사건 같은 걸 조사하고 있나요?"

"아니요. 헤드헌팅 관계 일입니다. 회사 직원 빼내기죠."

"아, 그래요" 하고 운전사는 놀란 것처럼 말했다. "최근에는 회사가 스카우트 문제로 이런 일까지 하고 있군요. 몰랐습니다."

집들이 드문드문해지고 강을 따라 공장이나 창고가 늘어선 지역으로 들어섰다. 인기척은 없고, 새로 가설한 밝은 가로등만이 눈에 띄었다. 높은 콘크리트 담이 길게 뻗은 곳에서 앞의 택시가 갑자기 멈춰 섰다. 요시야의 택시 운전사도 앞차의 빨간 브레이크등에 맞춰 100미터쯤 뒤에서 브레이크를 밟았다. 헤드라이트도 껐다. 수은등의 빛이 검은 아스

팔트 도로 위를 묵묵히 비추고 있었으며, 담장 외에는 거의 아무것도 보이지 않았다. 담 위에는 세계를 위협하듯 철조망이 두텁게 둘러쳐져 있었다. 앞 택시의 문이 열리고 귓불 없는 남자가 내리는 게 멀리서 보였다. 요시야는 1만 엔짜리 지폐와는 별도로 천 엔짜리 지폐 두 장을 말없이 운전사에게 건넸다.

"손님, 이 근처엔 택시가 별로 없어서 돌아갈 때 차 잡기가 어려울 거예요. 좀 기다려줄까요?"

그러나 요시야는 사양하고 택시에서 내렸다.

남자는 택시에서 내리자, 주변을 돌아보지도 않고 콘크리트 담을 따라서 길게 일직선으로 펼쳐진 도로를 향해 걸어갔다. 남자의 발걸음은 전철 플랫폼을 걷고 있을 때와 마찬가지로 느리면서도 규칙적이었다. 잘 만들어진 기계인형이 자석에 끌려 들어가는 것처럼 보인다. 요시야는 코트 깃을 세우고 그 틈새로 이따금 뿌연 숨을 내쉬면서 들키지 않을 정도로 거리를 유지한 채 남자의 뒤를 따라갔다. 귀에 닿는 것은 남자의 가죽 구두가 내는 뚜벅뚜벅하는 익명적인 소리뿐이다. 요시야가 신고 있는 고무바닥의 로퍼는 그것과는 대조적으로 소리가 나지 않았다.

주위에는 사람들이 사는 기척이 없어서 마치 꿈속에 임시로 만들어진 가공의 풍경 같았다. 기다란 담이 끝나자 폐차장이 있었다. 철망 울타리로 둘러싸여 있고, 버려진 자동차들이 쌓여 있다. 오랫동안 비바람에 노출되어서인지 수은등 빛에 한결같이 색깔을 빼앗기고 있다. 남자는 그 앞을 지나가고 있었다.

요시야로서는 영문을 알 수 없었다. 이렇게 아무것도 없는 한적한 곳에서 내린 이유가 도대체 뭘까? 이 남자는 집으로 돌아가는 것이 아닌가? 어쩌면 집으로 가기 전에 조금 길을 돌아가고 싶었던 것인지도 모른다. 그렇지만 2월의 밤은 산책하기엔 너무 춥다. 얼어붙은 바람이 이따금 요시야의 등을 떠밀듯 불며 도로 위를 스쳐 지나갔다.

폐차장이 끝나자 다시 살벌한 콘크리트 담이 한참 동안 이어졌고, 담이 끝나는 곳에 좁은 골목길 입구가 있었다. 남자는 그곳이 익숙한 듯 골목으로 들어갔다. 골목 안은 어두워서 뭐가 있는지조차 보이지 않는다. 요시야는 잠시 주저했지만 그대로 남자의 뒤를 따라 컴컴한 어둠 속에 발을 들여놓았다. 여기까지 따라왔는데, 이제 와서 되돌릴 수는 없다.

양쪽이 높은 벽으로 둘러쳐진, 똑바로 뻗은 좁은 골목길이었다. 스쳐 지나가기도 힘들 정도로 좁고, 밤바다의 심연처럼 어둡다. 그 사람의 구두 소리만을 따라서 요시야는 뒤를 따랐다. 그는 요시야 앞에서, 지금까지와 같은 보조로 계속 걸어가고 있었다. 빛이 닿지 않는 세계에서 요시야는 그

소리에 매달리듯이 걸음을 재촉했다. 그러다가 구두 소리가 사라졌다.

남자가 미행당하고 있다는 걸 눈치챈 것일까? 멈춰 서서 숨죽이고 배후의 상황을 엿보고 있는 것일까? 암흑 속에서 요시야의 심장이 움츠러들었다. 그러나 요시야는 심장의 고동을 삼키고 그대로 앞으로 나아갔다. 알 게 뭐야. 만일 미행하는 것을 뭐라고 한다면, 있는 그대로 사실을 얘기하면 된다. 오히려 그 편이 이야기가 빠를지도 모른다. 그러나 골목은 곧 나아갈 수 없게 되었다. 막다른 골목이었다. 정면이 금속 펜스로 막혀 있다. 자세히 보니 거기에는 한 사람이 간신히 빠져나갈 수 있을 만한 구멍이 뚫려 있었다. 누군가가 일부러 뚫어놓은 구멍이다. 요시야는 코트 자락을 걷어 올리고 몸을 굽혀서 구멍을 빠져나갔다.

철망 너머는 넓은 들판이었다. 아니, 그냥 들판이 아니다. 무언가 운동장처럼 보인다. 요시야는 흐릿한 달빛 아래 서서 눈을 똑바로 뜨고 주위를 둘러봤다. 남자의 모습은 어디에도 보이지 않았다.

그곳은 야구장이었다. 요시야가 지금 서 있는 곳은 외야의 센터 주변인 것 같았다. 잡초가 발에 짓밟혀 있고, 수비 위치 부분만 땅이 상처 자국처럼 드러나 있다. 저쪽 맞은편 홈 베이스 근처엔 백네트가 검은 날개처럼 솟아 있고, 투수 마운드가 대지의 혹처럼 부풀어 올라 있다. 그리고 외야를 따라 철망이 높이 둘러쳐져 있다. 그라운드를 스쳐 지나가는 바람이 아무것도 들어 있지 않은 빈 감자칩 봉지를 어딘가로 날려 보내고 있었다.

요시야는 코트 주머니에 양손을 쑤셔 넣고, 숨죽인 채 무슨 일인가가 일어나기를 기다렸다. 하지만 아무 일도 일어나지 않았다. 그는 라이트 쪽을 바라보고, 레프트 쪽을 바라보고, 투수 마운드 쪽을 바라보고, 발밑의 땅을 바라보고, 그러고 나서 하늘을 올려다봤다. 윤곽이 뚜렷한 구름 덩어리가 몇 점 하늘에 떠 있었다. 달이 그 가장자리를 묘한 색깔로 물들이고 있었다. 풀 속에서 희미하게 개똥 냄새가 났다. 남자는 사라져버렸다. 흔적도 없이. 다바다 씨가 이곳에 있다면 이렇게 말했을 것이다. "그러니까 말이지, 요시야. '신주님'은 예상할 수 없는 형태로 우리 앞에 모습을 나타내신다네."

그러나 다바다 씨는 3년 전에 요도암으로 죽었다. 그 마지막 몇 달 동안 옆에서 보고 있는 것도 가슴 아플 정도로 격심한 고통 속에 있으면서 그는 단 한 번도 신을 시험하려 하지 않았을까? 이 고통을 조금이라도 덜어달라고 신에게 기도했던 것은 아닐까? 다바다 씨에겐 그것을 (기한을 정하고, 구체적으로 해서) 기도할 만한 자격이 있는 것처럼 요시야에겐 생각되었다. 그 정도로 골치 아픈 계율을 엄격히 지키고, 하느님과 밀접한 관계를 맺으면서 살아왔으니까. 게다가—하고 요시야는 문득 생각한다—신이 인간을 시험할 수 있다면, 왜 인간은 신을 시험해선 안 되는 거지?

관자놀이께가 약간 쑤셨지만 그게 숙취 때문인지, 다른 원인 때문인지 잘 구분할 수가 없었다. 요시야는 얼굴을 찡그리고 주머니에서 양손을 꺼내고 홈 베이스를 향해 천천히 큰 걸음으로 걸어갔다. 바로 조금 전까지만 해도 숨을 죽이면서 아버지 같은 남자의 뒤를 미행해 왔다. 그것 외에는 아무것도 머리에 떠오르지 않았다. 그렇게 해서 이 낯선 동네에 있는 야구장에까지 이끌려 왔다. 하지만 남자의 모습을 일단 놓쳐버리자, 그와 때를 맞추듯이 일련의 행위들의 중요성이 그의 안에서 갑자기 불명확해졌다. 의미 자체가 분해되어 원래대로 되돌아올 수 없게 되어버렸다. 옛날에 외야 플라이볼을 잘 잡아내는 것이 생사를 갈라놓을 정도로 중대한 현안이었는데, 얼마 후 그렇지 않게 되어버린 것과 똑같이.

나는 도대체 이 일에서 무엇을 구하려고 했던 것일까? 걸음을 옮기면서 요시야는 스스로에게 질문을 던졌다. 지금 내가 여기에 있는 것의 어떤 연결고리 같은 것을 확인하려

했던 것일까? 내가 어떤 새로운 사실의 줄거리 속에 짜넣어져서 보다 잘 다듬어진 새로운 역할을 부여받길 바라고 있었던 것일까? 아니다, 하고 요시야는 생각한다. 그런 건 아니다. 내가 뒤쫓고 있었던 건 아마도 내가 안고 있는 암흑의 꼬리 같은 것이었다. 나는 우연히 그걸 봤고, 추적했고, 매달리려 했고, 최후에는 더욱 깊은 암흑 속에 팽개쳐져버린 것이다. 내가 그것을 보게 되는 일은 이제 두 번 다시 없을 것이다.

요시야의 영혼은 이제 고요하고 맑게 갠 하나의 시간과 하나의 장소에 잠시 멈춰 서 있었다. 그 남자가 진짜 아버지든, 신이든, 혹은 자신과는 무관하게 우연히 어딘가에서 오른쪽 귓불을 잃었을 뿐인 아무 인연도 없는 타인이든, 그건 이제 아무래도 좋은 일이었다. 거기에는 이미 하나의 현현顯現이 있었고, 비적秘跡이 있었던 것이다. 찬양할 일일까.

그는 투수 마운드에 올라가 닳아빠진 투수판 위에 서서 한껏 크게 기지개를 켰다. 양손의 손가락을 깍지 껴서 머리 위로 똑바로 들어 올렸다. 차가운 밤공기를 폐 속으로 들이켜고 다시 한번 달을 쳐다봤다. 커다란 달이다. 어째서 달은 하루가 다르게 커졌다 작아졌다 하는 것일까? 1루와 3루 쪽에는 나무판자를 깐 조촐한 관람석이 마련되어 있었다. 물론 2월의 한밤중이니까 거기에는 아무도 없다. 다만 반듯한 판자들이 높이를 달리해서 세 줄로 차갑게 늘어서 있을 뿐이다. 백네트 너머에는 무슨 창고일까, 창문이 없는 음산한 건물이 이어져 있다. 불빛도 보이지 않는다. 소리도 들리지 않는다.

그는 마운드 위에서 양팔을 빙빙 돌려봤다. 그리고 그에 맞춰 다리를 리드미컬하게 앞으로 내밀거나, 옆으로 뻗거나 했다. 그 춤과 같은 동작을 한동안 계속하자 몸이 조금씩 따뜻해졌고, 생체기관의 제대로 된 감각도 되돌아왔다. 정신을 차려보니 두통도 거의 사라져가고 있었다.

대학 시절에 줄곧 사귀었던 여자아이는 그를 '개구리 군'이라는 별명으로 불렀다. 그가 춤추는 모습이 개구리와 비슷했기 때문이다. 그녀는 춤추는 걸 좋아해서, 자주 요시야를 디스코텍에 데려가곤 했다. "자기는 손발이 길어서 비틀비틀하며 춤을 추는 것 같아. 하지만 비 오는 날의 개구리 같아서 굉장히 귀여워" 하고 그녀는 말했다.

요시야는 그 말을 듣고 약간 기분이 상했지만, 그래도 그녀를 따라다니며 몇 번 춤을 추는 동안, 춤추는 것이 점점 좋아졌다. 음악에 맞춰 무심코 몸을 움직이고 있으면, 자기 몸 안에 있는 자연스러운 율동이 세계의 기본적인 율동과 연계해 호응하고 있는 것이라는 확실한 실감이 있었다. 조

수 간만이나 들판 위로 부는 바람이나 별들의 운행 같은 것이 결코 자신과 무관한 곳에서 행해지고 있는 게 아니라고 요시야는 생각했다.

그 여자아이는 요시야의 페니스만큼 큰 페니스를 본 적이 없다고 말했다. 그렇게 큰데 춤출 때 방해되지 않냐고 그녀는 그걸 손으로 쥐어보면서 물었다. 별로 방해되진 않는다고 요시야는 말했다. 확실히 그의 페니스는 컸다. 어릴 적부터 줄곧 큰 편이었다. 그래서 무슨 이득을 봤다는 기억은 없다. 너무 크다는 이유로 섹스를 거부당한 경험은 몇 번 있다. 우선 그건 미적인 관점에서 봐도 지나치게 컸다. 축 늘어지고 아둔해 보여 아무 쓸모도 없을 것 같았다. 그는 될 수 있는 한 그걸 남의 눈에 띄지 않게 하려고 애썼다. '요시야의 고추가 그렇게 큰 건 신의 아들이라는 증거야' 하고 어머니는 자신만만하게 말해왔고, 그도 그 말을 순진하게 믿어왔다. 그러나 언제부터인가 갑자기 모든 게 어리석게 느껴졌다. 나는 외야 플라이볼을 잘 잡을 수 있게 해달라고 기도했는데 신은 누구보다 큰 성기를 나에게 줬다. 세상에 그런 괴상한 거래가 어디 있단 말인가?

요시야는 안경을 벗어 케이스에 접어 넣었다. 춤을 추는 것도 나쁘진 않군, 하고 요시야는 생각했다. 나쁘지 않았다. 요시야는 눈을 감고 하얀 달빛을 피부로 느끼면서 혼자 춤을 추기 시작했다. 숨을 깊이 들이쉬었다가 내쉬었다. 기분에 딱 맞는 멋진 음악을 생각해낼 수 없었기 때문에, 풀의 흔들림과 구름의 흐름에 맞춰서 춤을 추었다. 순간 어딘가에서 누군가가 보고 있는 기척을 느꼈다. 누군가의 시야 속에 있는 자신을, 요시야는 생생하게 실감할 수 있었다. 그의 몸이, 피부가, 뼈가 그것을 감지해냈다. 그러나 그런 건 아무래도 좋다. 그게 누구든, 보고 싶으면 봐도 좋다. 신의 아이들은 모두 춤을 추는 것이다.

그는 땅바닥을 밟고 투수가 공을 던지는 시늉을 하면서, 우아하게 팔을 돌렸다. 하나의 동작이 다음 동작을 부르고, 다시 다음 동작으로 자율적으로 이어졌다. 몸은 여러 가지 도형을 그려냈다. 거기에는 패턴이 있었고 변화가 있었고 즉흥성이 있었다. 리듬 안에 리듬이 있고, 리듬 사이에 보이지 않는 리듬이 있었다. 그는 요소요소에서 그것들이 복잡하게 얽혀 있는 것을 볼 수 있었다. 갖가지 동물들이 숨은그림찾기 퍼즐처럼 숲속에 숨어 있었다. 그중에는 전혀 본 적 없는 것 같은 무시무시한 짐승도 섞여 있었다. 그는 이윽고 그 숲을 빠져나가게 될 것이었다. 하지만 공포 따윈 없었다. 그것은 단지 나 자신 속에 있는 숲인 것이다. 나 자신을 형성하고 있는 숲인 것이다. 나 자신이 안고 있는 짐승인 것이다.

얼마나 오랫동안 계속 춤을 추었는지, 요시야로서는 알 수 없었다. 하지만 오랜 시간이었다. 겨드랑이 밑에 땀이 흥건하게 고일 때까지 그는 춤을 추었다. 그리고 문득 자신이 딛고 서 있는 대지의 밑바닥에 존재하는 것들에 대해 생각했다. 거기에는 깊은 어둠의 불길한 울림이 있고, 욕망을 운반하는, 사람들이 모르는 어두운 흐름이 있고, 끈적끈적한 벌레들의 꿈틀거림이 있고, 도시를 폐허의 더미로 바꾸어 버리는 지진의 둥지가 있다. 그것들 역시 지구의 율동을 만들어내고 있는 사물들 가운데 하나인 것이다. 그는 춤추기를 멈추고 숨을 고르게 쉬면서, 바닥이 보이지 않는 구멍을 들여다보듯 발밑의 땅바닥을 주의 깊게 내려다봤다.

요시야는 멀리 붕괴된 거리에 있는 어머니를 생각했다. 만약 이대로 시간이 거꾸로 되돌아가서, 지금의 내가 그 영혼이 아직 깊은 어둠의 심연 속에 있던 젊은 시절의 어머니를 만나는 게 가능해진다면 거기서 무슨 일이 일어날까? 아마 두 사람은 혼돈의 진흙 속을 함께 뒹굴며 한 치의 틈도 없이 합치되고, 서로를 탐하고, 그리고 지독한 보복을 받았을 것이다. 하지만 무슨 상관인가. 그런 걸 말하려 했다면, 훨씬 전에 보복을 받았어야 했을 것이다. 내 주변의 이 도시야말로 무참하게 붕괴되어야 했을 것이다.

대학을 졸업했을 때, 애인이 그에게 결혼하고 싶다고 말했다. 너와 결혼하고 싶어, 개구리 군. 너와 함께 살고, 네 아이를 낳고 싶어. 너처럼 커다란 고추를 가진 사내아이를 말이야.

난 너하고 결혼할 수 없어,라고 요시야는 말했다. 지금까지 말을 못 했지만, 난 신의 아들이야. 그러니까 난 누구와도 결혼할 수 없어.

정말이야?

정말이야, 하고 요시야는 말했다. 정말이야. 미안하게 생각하지만.

요시야는 몸을 숙여 발밑의 모래를 손으로 퍼올렸다. 그리고 그것을 손가락 사이로 사르륵 흘리며, 땅바닥에 되돌려놓았다. 그것을 몇 번 되풀이했다. 차갑고 고르지 않은 흙의 감촉을 손가락으로 느끼면서, 다바다 씨의 야위어 가늘어진 손을 마지막으로 잡았을 때의 일을 떠올렸다.

"요시야 군, 난 이제 얼마 못 살 거야" 하고 다바다 씨는 쉰 목소리로 말했다. 요시야는 그것을 부정하려 했지만, 다바다 씨는 고개를 조용히 내저었다.

"괜찮아. 이 세상에서 인생이란 눈 깜짝할 사이의 괴로운 꿈에 지나지 않으니까. 난 주님의 인도에 의해 그럭저럭 여기까지 잘 헤쳐 나왔어. 하지만 죽기 전에 자네에게 한 가지 말하지 않으면 안 될 일이 있네. 입에 담는 게 정말 창피

한 일이지만, 그래도 말하지 않으면 안 되네. 그건 내가 자네 어머니에게 여러 차례 나쁜 마음을 품었다는 것이야. 자네도 알다시피, 나에겐 가족이 있어서 마음속으로만 사랑해왔어. 게다가 자네 어머니는 때 묻지 않은 마음을 가진 사람이야. 그럼에도 불구하고, 요시야 군 어머니의 육체를, 내 마음은 강렬하게 원했었지. 그런 생각을 멈출 수가 없었어. 자네에게 그 일을 사과하고 싶네."

사과할 건 하나도 없습니다. 욕정을 품었던 건 당신만이 아닙니다. 아들인 나 역시 지금까지도 어처구니없는 망상에 쫓기고 있습니다. 요시야는 그렇게 털어놓고 싶었다. 하지만 그런 말을 해봤자, 다바다 씨를 공연히 혼란스럽게 만들 터였다. 요시야는 잠자코 다바다 씨의 손을 잡고 한참 동안 있었다. 가슴속에 있는 상념을 상대방의 손에 전달하려고 했다. 우리의 마음은 돌이 아닙니다. 돌은 언젠가 무너져 내릴지 모릅니다. 모습과 형태를 잃어버릴지 모릅니다. 하지만 마음은 무너지지 않습니다. 우리는 그 형태가 없는 것을 좋은 것이든 나쁜 것이든 어디까지고 서로 전할 수 있습니다. 신의 아이들은 모두 춤을 추는 겁니다. 그다음 날, 다바다 씨는 숨을 거두었다.

요시야는 투수 마운드 위에 웅크리고 앉은 채, 시간의 흐름에 몸을 맡겼다. 멀리서 희미하게 구급차의 사이렌 소리

가 들려왔다. 바람이 불어 풀잎을 춤추게 하고, 풀의 노래를
축복하고, 그러고는 멈추었다.

신이여, 하고 요시야는 소리 내어 말했다.

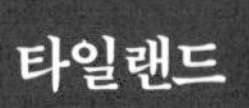

◐

기내 방송이 울렸다. "때는 지금 기류가 나뿐 곳을 비항하고 있습니다. 승객 요러분은 자석에 올라주시고 시토 베루토를 묶어주십시오." 사쓰키는 그때 멍하니 딴생각을 하고 있었기 때문에, 태국인 스튜어디스가 약간 아리송한 일본말로 방송한 그 메시지의 의미를 해독하기까지는 조금 시간이 걸렸다.

이 비행기는 지금 기류가 불안정한 곳을 비행하고 있습니다. 승객 여러분께서는 모두 좌석에 앉아 좌석 벨트를 매주십시오.

사쓰키는 땀을 흘리고 있었다. 굉장히 더웠다. 마치 수증기를 쬐고 있는 듯했다. 온몸이 화끈거리고, 입고 있는 나일론 스타킹과 브래지어가 견딜 수 없을 만큼 불쾌하게 느껴졌다. 옷을 훌훌 다 벗고 자유로워지고 싶었다. 그녀는 고개를 들어 주위를 둘러봤지만 더위를 느끼고 있는 사람은 아무래도 그녀 혼자뿐인 듯했다. 비즈니스 클래스에 있는 다른 승객들은 에어컨 바람을 피해 어깨부터 담요를 두른 채 웅크리고 잠들어 있었다. 아마도 핫 플러시 폐경기에 일시적으로 온몸에 열이 오르는 현상인 것 같았다. 사쓰키는 입술을 깨물었다. 의식을 다른 일에 집중시켜 더위를 잊어버리려고 했다. 조금 전까지 읽고 있던 책을 펼치고 읽기 시작했다. 그러나 무더위를 잊을 수 없었다. 이건 보통 더위가 아니다. 그리고 방콕에 도착하기까지는 시간이 꽤나 걸릴 것이다. 그녀는 지나가는 스튜어디스에게 물을 갖다달라고 부탁했다. 그리고 먹는 걸 잊고 있었던 호르몬 알약을 가방에서 꺼내 물과 함께 삼켰다.

갱년기라는 문제는 쓸데없이 지나치게 수명을 연장시킨 인류에 대한 신의 빈정거리는 경고(또는 얄궂은 행동)임에 틀림없다고 사쓰키는 새삼스레 생각했다. 바로 백여 년 전까지만 해도 인간의 평균 수명은 쉰 살도 채 되지 않았고, 월경이 끝난 뒤 20년이나 30년을 더 사는 여자는 어디까지나 예외적인 경우에 속했다.

난소나 갑상선이 정상적으로 호르몬을 분비하지 않게 된 육체로 살아가는 일의 번거로움이라든가, 폐경 후의 여성 호르몬 에스트로겐 감소와 치매 사이에 상관관계가 있을지도 모른다든가 하는 것은 특별히 고민해야 할 문제가 아니었다. 그보다는 제때 제대로 밥을 먹을 수 있느냐 하는 게 대부분의 사람들에게 훨씬 더 절박한 문제였다. 그렇게 생각하면 의학의 발달은 결국 인류가 안고 있는 문제를 보다 많이 빚어내고 세분화했을 뿐 아니라 복잡하게 만든 게 아닌가?

잠시 후에 또 기내 방송이 흘러나왔다. 이번에는 영어였다. "손님 가운데 의사 선생님이 계시면, 객실 승무원에게 말씀해주시기 바랍니다."

기내에서 환자가 생긴 모양이었다. 사쓰키는 자기가 의사라고 말할까 했지만, 조금 생각해보다가 그만두었다. 전에 지금과 같은 상황에서 의사라고 말하며 나선 적이 두 번 있었는데, 두 번 다 같은 비행기에 우연히 함께 타고 있던 개업의와 마주치게 되었다. 그때 본 개업의들에겐 전선에서 지휘하는 고참 장교와도 같은 침착성이 있었고, 사쓰키처럼 실전 경험이 없는 병리 전문의를 한눈에 구별할 수 있는 뛰어난 안목이 있는 것 같았다. "괜찮습니다. 제가 혼자서 처리할 수 있을 것 같습니다. 선생님께선 자리로 돌아가 편히 쉬십시오" 하고 그들은 쿨하게 웃으며 말했다. 그녀는 우물쭈물 적당히 변명하고 좌석으로 돌아왔다. 그리고 변변치 않은 영화를 계속 봤다.

하지만 어쩌면 이 비행기에 의사 자격을 갖춘 사람이 나밖에 없을지도 모른다. 어쩌면 환자가 갑상선 면역계에 중대한 문제를 안고 있을지도 모른다. 만일 그렇다면—그럴 확률이 높다고는 생각하지 않지만—나 같은 사람도 도움이 될지 모른다. 그녀는 한숨을 쉬고서 손 아래에 있는 승무원 호출 버튼을 눌렀다.

세계 갑상선 회의는 방콕 메리어트호텔 회의장에서 나흘에 걸쳐 개최되었다. 사실 그 모임은 회의라기보다는 세계적인 가족 재회 모임 같은 것이었다. 참가자 전원이 갑상선 전문의였고, 누구나 서로를 알고 있었고, 알지 못할 경우에는 소개를 받았다. 좁은 세계인 것이다. 낮에는 연구 발표가 있었고, 공개 토론회가 열렸으며, 저녁에는 여기저기서 조그만 친목 파티가 열렸다. 친한 친구들끼리 어울려 옛정을 나누었다. 모두들 오스트레일리아산 와인을 마시며 갑상선 이야기를 하거나, 가십을 소곤대거나, 업무에 대한 정보 교환을 하거나, 의학과 관련한 농담을 하거나, 가라오케 바에서 비치보이스의 「서퍼 걸」을 부르거나 했다.

방콕에 머무르는 동안 사쓰키는 주로 디트로이트에 있던 시절에 알게 된 친구들과 행동을 함께했다. 사쓰키로서는 그들과 함께 있을 때가 가장 편했다. 그녀는 10년 가까이 디트로이트에 있는 대학병원에 소속되어 그곳에서 갑상선의

면역 기능에 대한 연구를 했다. 그러나 도중에 증권 애널리스트로 일하는 미국인 남편과 사이가 벌어졌다. 그는 알코올에 의존하는 경향이 해마다 심해졌고, 게다가 그에겐 또 하나의 여자가 있었다. 그녀가 잘 아는 여성이었다. 우선 별거를 했고, 1년에 걸쳐 변호사를 동원한 격렬한 다툼이 있었다. "가장 결정적인 건 당신이 아이를 원하지 않았다는 거야" 하고 남편은 주장했다.

3년 전에야 겨우 이혼 조정이 성립되었지만, 몇 달 뒤 병원 주차장에 세워뒀던 그녀의 혼다 어코드의 유리창과 헤드라이트가 누군가에 의해 부서지고 보닛에 흰 페인트로 'JAP CAR일본 차'라고 칠해진 사건이 일어났다. 그녀는 경찰을 불렀다. 달려온 커다란 몸집의 흑인 경관은 피해 신고서를 작성한 뒤, "의사 선생님, 여긴 디트로이트입니다. 다음엔 포드 토러스를 사도록 하세요" 하고 말했다.

이런저런 사정으로 사쓰키는 미국에서 계속 사는 것에 아주 염증이 나서 일본으로 돌아가기로 했다. 도쿄에 있는 대학병원에 일자리도 마련해뒀다. '여러 해 동안의 연구가 모처럼 결실을 맺어가고 있는데, 그래서는 안 된다'며 공동 연구를 하고 있던 인도인 동료가 그녀를 만류했다. "잘되면 노벨상 후보가 되는 것도 꿈은 아니야." 그러나 사쓰키의 귀국 결심은 변하지 않았다. 그녀의 안에서 무엇인가가 끊어져버린 것이다.

회의가 끝난 후에도 사쓰키는 혼자 방콕의 호텔에 남았다. 마침 회의 폐막에 맞춰 알맞게 휴가를 얻었기 때문에 가까운 피서지로 가서 일주일쯤 쉬고 오려고 해요, 하고 그녀는 동료들에게 말했다. 책을 읽고, 수영하고, 풀 사이드에서 차가운 칵테일도 마시면서. 그거 좋겠네, 하고 모두들 말했다. 인생에는 가끔 긴장을 풀고 쉬는 것도 필요해요. 갑상선을 위해서도 좋은 일이고요. 그녀는 친구들과 악수하고 포옹하며 재회를 약속하고 헤어졌다.

이튿날 이른 아침, 예정대로 마중을 나온 리무진이 호텔 앞에 서 있었다. 보석처럼 아름답게 광을 낸 구형 감색 메르세데스 벤츠로, 차체에 얼룩 한 점 없다. 새 차보다도 아름답다. 마치 누군가의 비현실적인 망상으로부터 그대로 빠져나온 것처럼 보였다. 가이드 겸 운전사로 앉아 있는 사람은 예순 살이 넘어 보이는, 마른 몸의 태국인 남자였다. 풀을 먹인 새하얀 반팔 셔츠를 입고 검은 실크 넥타이를 매고 진한 선글라스를 쓰고 있다. 피부가 햇빛에 그을렸고, 목이 길고 가냘프다. 사쓰키의 앞에 서자, 그는 악수 대신 양손을 앞으로 가지런히 모은 후 일본식으로 가볍게 고개를 숙였다.

"저는 니밋이라고 합니다. 지금부터 일주일 동안 박사님을 모시겠습니다."

니밋이 이름인지 성인지는 알 수 없었다. 어쨌든 그는 니밋인 것이다. 니밋은 아주 예의 바르고 알기 쉬운 영어로 말했다. 악센트는 스스럼없는 미국식도 아니고, 점잔 빼는 영국식도 아니다. 사실인즉 악센트를 거의 찾을 수 없다. 예전에 어디선가 들은 적 있는 영어였는데, 그곳이 어디였는지 사쓰키는 기억해낼 수 없었다.

"저야말로 잘 부탁합니다" 하고 사쓰키는 말했다.

두 사람은 덥고 더럽고 시끄럽고 공기가 혼탁한 방콕 시내를 벗어났다. 차는 막히고, 사람들은 서로 소리 지르고, 클랙슨 소리가 공습경보처럼 공기를 찢고 있었다. 게다가 도로 한복판을 코끼리가 걸어가고 있었다. 그것도 한두 마리가 아니다. 이런 도시에서 코끼리들은 대체 뭘 하고 있는 거죠, 하고 사쓰키는 니밋에게 물었다.

"시골 사람들이 자꾸만 방콕 시내로 코끼리를 몰고 들어옵니다" 하고 니밋이 정중하게 설명해줬다. "원래는 임업에 사용하던 코끼리들이에요. 그런데 임업만으로는 생계를 꾸려나갈 수 없게 되자, 코끼리에게 재주를 부리게 해서 외국인 관광객들로부터 돈을 벌어볼 작정으로 도시로 끌고 나오는 거죠. 시민들은 시내에 코끼리가 너무 많아져서 귀찮아하고 있어요. 지난번에는 코끼리가 뭔가를 보고 놀라 큰

길에서 폭주하는 바람에, 자동차들이 꽤 많이 부서졌어요. 물론 경찰들이 단속하고 있지만, 코끼리 주인에게서 코끼리를 몰수할 수가 없어요. 설령 몰수한다 해도 들여놓을 곳도 없고, 사료 값도 많이 들거든요. 그래서 저렇게 방치할 수밖에 없는 거죠."

차는 간신히 시가지를 벗어나서 고속도로를 타고 곧장 북쪽으로 향했다. 니밋이 글로브 박스에서 카세트테이프를 꺼내 카스테레오에 넣고 조그맣게 틀었다. 재즈였다. 들은 기억이 있는 그리운 멜로디였다.

"괜찮다면 소리를 좀 더 크게 해주지 않으실래요" 하고 사쓰키는 말했다.

"알겠습니다" 하고 니밋이 카스테레오의 볼륨을 높였다. 곡은「난 떠날 수 없어요I Can't Get Started」였다. 예전에 자주 들었던 것과 똑같은 연주였다.

"하워드 맥기의 트럼펫, 레스터 영의 테너 색소폰" 하고 사쓰키는 혼잣말처럼 중얼거렸다. "JATP에서의 연주."

니밋이 백미러 속에 있는 그녀의 얼굴을 봤다. "아, 박사님은 재즈를 잘 알고 계시군요. 좋아하십니까?"

"아버지가 열렬한 재즈 팬이셨어요. 어렸을 때 자주 들었죠. 같은 연주를 몇 번이나 들려주면서, 연주자 이름을 기억하게 했어요. 틀리지 않고 말하면 과자를 주시곤 했죠. 그래서 지금도 잘 기억하고 있어요. 오래된 재즈뿐이라서, 새로운 사람들은 통 모르지만요. 라이어넬 햄프턴, 버드 파웰, 얼 하인스, 해리 에디슨, 벅 클레이턴…."

"저도 오래된 재즈밖에 듣지 않습니다. 아버님께선 무슨 일을 하셨나요?"

"역시 의사셨어요. 소아과 의사. 하지만 제가 고등학교에 들어가고 조금 지나서 돌아가셨죠."

"안됐군요. 박사님은 지금도 재즈를 자주 들으시나요?"

그녀는 고개를 저었다. "꽤 오랫동안 제대로 들어본 적이 없어요. 결혼한 상대가 우연히도 재즈를 싫어했거든요. 음악이란 건 거의 오페라밖에 듣지 않는 사람이었어요. 훌륭한 스테레오 장치가 집에 있었지만, 오페라 외의 음악을 틀면 노골적으로 싫은 표정을 지었죠. 오페라 마니아라는 사람들은 아마 세계에서 가장 속 좁은 족속이 아닌가 싶어요. 남편과 헤어지긴 했지만, 앞으로 죽을 때까지 한 번도 오페라를 듣지 않아도 딱히 허전하다는 생각은 안 들 거예요."

니밋은 가볍게 고개를 끄덕였을 뿐, 아무 말도 하지 않았다. 다만 조용히 메르세데스의 운전대를 잡고, 앞쪽 도로에 시선을 고정하고 있었다. 그는 매우 아름다운 동작으로 핸들을 꺾었다. 정확하게 같은 곳에 손을 대고 같은 각도로 꺾었다. 곡이 역시 그리운 에롤 가너의 「사월의 추억I'll

Remember April』으로 바뀌었다. 가너의 『해변의 콘서트Concert by the Sea』는 아버지의 애청 음반이었다. 사쓰키는 눈을 감고 오래된 기억 속에 잠겼다. 아버지가 암에 걸려 세상을 떠날 때까지 그녀의 주위에서 일어나는 모든 일이 별 탈 없이 잘 되어가고 있었다. 나쁜 일은 아무것도 일어나지 않았다. 그러나 느닷없이 무대가 암전되었고(알아챘을 때에는 아버지는 사라지고 없었다), 모든 게 나쁜 방향으로 틀어져버렸다. 마치 전혀 다른 이야기가 시작된 것처럼. 어머니는 아버지가 숨을 거둔 지 한 달도 채 안 되었을 때, 재즈 음반들과 커다란 스테레오 장치를 모두 처분해버렸다.

"박사님은 일본 어디 출신입니까?"

"교토요" 하고 사쓰키는 말했다. "열여덟 살 때까지 살았고, 그 이후로는 거의 가본 적이 없어요."

"혹시 교토가 고베 바로 옆에 있는 곳 아닌가요?"

"멀진 않지만, 바로 옆에 있는 것도 아니에요. 적어도 이번 지진 피해는 그다지 입지 않은 것 같아요."

니밋은 추월차선으로 옮겨 가축을 가득 실은 커다란 트럭 몇 대를 계속 가볍게 앞지른 다음 주행차선으로 돌아왔다.

"다행이군요. 지난달 고베 대지진이 일어났을 때 많은 사람들이 죽었죠. 뉴스에서 봤어요. 매우 슬픈 일입니다. 박사님이 아는 분들 중에 고베에 살고 있는 분은 없었나요?"

"아뇨. 고베에 제가 알 만한 사람은 한 명도 없었을 거라고 생각해요" 하고 그녀는 말했다. 하지만 그건 사실이 아니었다. 고베에는 그 남자가 살고 있었다.

니밋은 잠시 동안 잠자코 있었다. 그러다가 그녀 쪽으로 고개를 조금 돌려 말했다. "지진이라는 건 참 이상합니다. 우리는 밟고 있는 땅이 아주 단단하고 움직이지 않는 거라고 전적으로 믿고 있죠. '땅에 발을 붙인다'는 말도 있지 않습니까? 그런데 어느 날 갑자기 그렇지 않다는 걸 알게 돼요. 견고해야 할 땅이나 바위가 마치 액체처럼 흐물흐물해져버리잖아요? 텔레비전 뉴스에서 그렇게 말하는 걸 들었어요. 액상화라고 했던가요? 다행히 태국에는 큰 지진이 거의 없습니다만."

사쓰키는 좌석 등받이에 기대어 눈을 감았다. 그리고 묵묵히 에롤 가너의 연주에 귀를 기울였다. 그 남자가 무겁고 딱딱한 뭔가에 깔려 납작하게 찌부러져버렸으면 좋을 텐데, 하고 그녀는 생각했다. 아니면 흐물흐물하게 액상화된 땅속에 삼켜져버렸으면 좋을 텐데. 그거야말로 내가 오랫동안 소망해온 것이니까.

니밋이 운전하는 차가 목적지에 도착한 것은 오후 세 시였다. 정오가 되자 니밋은 고속도로 옆 휴게소에 차를 세우고 휴식을 취했다. 사쓰키는 그곳 카페테리아에서 커피를 마시고 달콤한 도넛을 절반 정도 먹었다. 그녀가 일주일 동안 머무르기로 한 곳은, 산속에 있는 고급 리조트 호텔이었다. 계곡을 흐르는 시냇물을 내려다보는 것처럼 건물들이 늘어서 있었다. 경사면에는 아름다운 원색의 꽃들이 흐드러지게 피었고, 새들이 날카로운 소리로 지저귀며 나무에서 나무로 날아다니고 있었다. 그녀를 위해 준비된 방은 독립된 코티지였다. 넓고 밝은 욕실이 딸려 있고, 침대에는 우아한 캐노피가 있고, 24시간 룸서비스를 받을 수 있었다. 로비에는 도서실이 있어서 책이나 CD, 비디오를 빌릴 수 있었다. 모든 게 청결했고 구석구석 눈길 닿는 곳마다 돈을 들인 티가 났다.

"오늘은 먼 거리를 이동해서 피곤하시겠죠?" 하고 니밋이 말했다. "천천히 쉬십시오, 박사님. 내일 아침 열 시에 이곳에서 대기하겠습니다. 그리고 수영장으로 데려다드릴게요. 타월과 수영복만 준비해두세요."

"수영장이요? 수영장이라면 이 호텔 안에 커다란 게 있지 않나요? 그렇게 들었는데요."

"호텔 수영장은 혼잡합니다. 러더퍼드 씨 말로는, 박사님께서 수영에는 프로급 선수시라고…. 그래서 이 근처에서 수영 선수들이 연습할 만한 설비가 잘된 수영장을 하나 찾아놓았습니다. 요금을 내야 하지만, 그다지 많은 액수는 아닙니다. 틀림없이 마음에 드시리라고 생각합니다."

존 러더퍼드는 사쓰키의 이번 태국 체재를 준비해준 친구였다. 크메르루주 캄보디아의 좌익 무장단체가 맹위를 떨치던 때부터 신문 특파원으로서 동남아시아 여러 나라를 여기저기 뛰어다닌 아시아통이라, 태국에도 발이 넓었다. 그가 가이드 겸 운전사로서 니밋을 추천해준 것이다. "아무 걱정 없이 편하게 지낼 수 있을 거요. 니밋이란 사내에게 잠자코 맡겨만 주면 모든 게 잘될 거요. 그 사람, 만만치 않은 인물이니까." 러더퍼드는 장난스레 그렇게 말했었다.

"알았어요. 당신에게 맡기겠어요."

"그럼 내일 아침 열 시에 뵙겠습니다."

사쓰키는 짐을 풀고 원피스와 스커트의 주름을 펴서 옷걸이에 건 다음, 수영복으로 갈아입고 수영장으로 갔다. 니밋이 말한 것처럼, 확실히 그곳은 진지하게 수영할 수 있는 장소가 아니었다. 표주박 모양으로, 중앙에 아름다운 폭포가 있었으며, 물이 얕은 곳에서는 아이들이 공놀이를 하고 있었다. 그녀는 수영하기를 단념하고 파라솔 밑에 드러누웠다. 티오 페페 와인에 페리에를 탄 칵테일 한 잔을 주문하고, 존 르 카레의 새 소설책을 꺼내서 읽다 만 나머지 부분을 읽기 시작했다. 책을 읽다가 피로해지자, 모자로 얼굴을 덮고 조금 잠을 잤다. 토끼 꿈을 꾸었다. 짧은 꿈이었다. 철망이 쳐진 토끼장 속에서 토끼 한 마리가 몸을 떨고 있었다. 시간은 한밤중으로, 토끼는 무언가 다가오는 걸 예감하고 있는 듯했다. 그녀는 처음 한동안은 밖에서 그 토끼를 관찰하고 있었는데, 한참 만에 제정신이 드니 그녀 자신이 토끼가 되어 있었다. 그녀는 자신에게 다가오고 있는 무엇인가의 모습을 어둠 속에서 희미하게 느낄 수 있었다. 잠에서 깨어난 다음에도 입 안에 언짢은 뒷맛이 남아 있었다.

그 남자가 고베에 살고 있다는 걸 사쓰키는 알고 있었다. 집 주소와 전화번호도 알고 있었다. 그 남자의 거처를 모르고 지낸 적은 한 번도 없었다. 지진이 일어난 직후 사쓰키는 그의 집으로 전화를 걸어봤지만, 물론 전화는 연결되지 않았다. 집이 납작하게 찌부러져버렸으면 좋을 텐데, 하고 그녀는 생각했다. 집안이 무일푼이 되어 거리를 헤맸으면 좋을 텐데. 당신이 나에게 한 짓을 생각하면, 태어날 예정이었던 내 아이들에게 한 짓을 생각하면, 그 정도의 대가는 당연한 일 아닌가.

니밋이 찾아놓은 수영장은 호텔에서 차로 30분 거리에 있었다. 도중에 고개 하나를 넘었는데, 산꼭대기 근처에 원숭이가 많이 사는 숲이 있었다. 회색 털의 원숭이들은 도로변에 나란히 줄지어 앉아서, 달려가는 차들의 운세라도 점치는 듯한 눈초리로 지그시 쳐다보고 있었다.

수영장은 이상하리만큼 넓은 부지 안에 있었다. 주위가 높은 담으로 둘러싸여 있고, 육중해 보이는 철문이 있었다. 니밋이 운전석의 유리창을 내리고 인사하자, 수위가 말없이 문을 열어줬다. 자갈이 깔린 찻길을 따라 달려가니 오래된 2층짜리 석조건물이 나왔고, 그 건물 뒤로 가느다란 형태의 수영장이 있었다. 약간 낡아 보였지만, 25미터 길이의 레인이 세 개가 있는 제대로 규격을 갖춘 풀장이었다. 잔디밭과 마당과 숲이 주변을 에워싸고 있었고, 물은 아름다웠고, 사람들은 보이지 않았다. 풀 사이드에 낡은 목제 데크체어가 몇 개 나란히 놓여 있다. 주위는 쥐 죽은 듯 조용해서 인기척이 느껴지지 않는다.

"어떻습니까?" 하고 니밋이 물었다.

"멋있어요" 하고 사쓰키는 말했다. "이곳은 스포츠클럽 같은 덴가요?"

"네, 그렇습니다. 하지만 사정이 있어서 지금은 거의 사람들이 사용하고 있지 않습니다. 그러니까 혼자서 실컷 수영하셔도 됩니다. 얘기는 이미 다 되어 있습니다."

"고마워요. 당신은 일 처리가 아주 확실하군요."

"황송합니다" 하고 니밋이 무표정하게 예를 표했다. 무척

고풍스러웠다.

"저쪽에 있는 작은 방갈로가 탈의실인데, 화장실과 샤워실이 딸려 있어요. 마음껏 사용하세요. 저는 차 가까이에서 기다리고 있을 테니까 무슨 일이 있으면 부르세요."

사쓰키는 젊은 시절부터 수영하기를 좋아해서 틈만 나면 체육관에 있는 수영장을 찾았다. 거기서 코치의 지도를 받아 제대로 된 수영 자세를 익혔다. 수영을 하고 있는 동안, 그녀는 여러 가지 언짢은 기억을 머리 밖으로 쫓아낼 수 있었다. 수영을 오래 하고 있으면, 자신이 새가 되어 하늘을 날고 있는 듯한 자유로운 기분이 될 수 있었다. 적당한 운동을 계속해온 덕분에, 지금까지 병을 앓아 드러누운 적도 없고, 특별히 몸의 컨디션이 나쁘다고 느껴본 적도 없었다. 군살도 붙지 않았다. 물론 젊은 시절과는 다르니까 몸매가 샤프하게 다듬어져 있는 건 아니다. 특히 허리 주위에 싫어도 통통하게 살이 붙어 있다. 하지만 사치를 부릴 수는 없다. 광고 모델이 되려는 것도 아니니까. 실제 나이보다 다섯 살 이상은 젊어 보일 테니 그걸로 족하지 않나, 하고 그녀는 생각했다.

점심때가 되자, 니밋이 아이스티와 샌드위치를 은쟁반에 담아 풀 사이드로 가져다줬다. 삼각형 모양으로 조그맣고 예쁘게 잘린 야채와 치즈가 든 샌드위치였다.

"당신이 만들었나요?" 사쓰키는 놀라서 물었다.

니밋이 그 말을 듣고 약간 표정을 무너뜨렸다. "아뇨, 박사님. 전 요리는 하지 않습니다. 다른 데서 가져온 거예요."

그녀는 누구에게서요, 하고 물으려다가 그만두었다. 러더퍼드가 말한 대로, 잠자코 니밋에게 맡겨두면 모든 일이 잘 되어갔고, 샌드위치 역시 나쁘지 않았다. 식후에는 휴식을 취하고, 가져온 워크맨으로 니밋에게서 빌린 베니 굿맨 섹스텟의 테이프를 들으며 책을 읽었다. 오후에 다시 잠깐 수영하고, 세 시쯤에 호텔로 돌아왔다.

똑같은 일이 닷새 동안 되풀이되었다. 그녀는 실컷 수영하고 야채와 치즈 샌드위치를 먹고, 음악을 듣고, 책을 읽었다. 수영장 외에는 어디에도 발을 붙이지 않았다. 그녀가 원하는 건 완벽한 휴식이자, 아무것도 생각하지 않는 것이었다.

거기서 수영을 하는 사람은 언제나 사쓰키 한 명뿐이었다. 산골짜기에 있는 수영장의 물은 지하수를 퍼올려 사용하는지 굉장히 차가워서 수영을 시작할 때는 숨이 막힐 것 같았지만, 몇 번 왕복하는 동안에 몸이 따스해져 알맞은 온도가 되었다. 자유형으로 수영하다 힘들면, 물안경을 벗고 배영을 했다. 하늘에는 흰 구름이 떠 있고, 새나 잠자리가 하늘을 가로질러 갔다. 언제까지나 이렇게 있을 수 있다면 좋을 텐데, 하고 그녀는 생각했다.

"어디서 영어를 배웠어요?" 수영장에서 돌아오는 차 안에서 사쓰키는 니밋에게 물어봤다.

"저는 33년 동안 방콕 시내에서 노르웨이인 보석상의 운전기사로 일했습니다. 그분과는 쭉 영어로 대화했죠."

과연, 하고 사쓰키는 고개를 끄덕였다. 볼티모어에 있는 병원에서 근무할 때 동료 중에 덴마크인 의사가 하나 있었는데, 아주 똑같은 억양으로 영어를 말했던 기억이 났다. 문법이 명확하고 악센트가 희박하고, 속어가 나오지 않았다. 이해하기 쉽고 깔끔했지만, 약간 재미가 없었다. 태국에 와서 노르웨이식 영어를 듣고 있자니 아무래도 좀 이상한 느낌이 들었다.

"그분은 재즈를 좋아해서 차로 이동할 때는 늘 카세트테이프를 들으셨어요. 그래서 운전사인 저도 자연스레 재즈를 좋아하게 됐죠. 3년 전 돌아가셨을 때, 이 차를 카세트테이프와 함께 물려받았습니다. 지금 틀고 있는 것도 그 테이프 중 하나입니다."

"주인이 사망하고, 당신은 독립해서 외국인을 위한 가이드 겸 운전사를 하기 시작했다는 거군요."

"맞습니다. 태국에는 적지 않은 숫자의 가이드 겸 운전사가 있습니다만, 메르세데스를 갖고 있는 건 저뿐일 겁니다."

"당신은 틀림없이 그분의 신뢰를 받고 있었군요."

니밋은 오랫동안 잠자코 있었다. 어떻게 대답할까 하고 망설이고 있는 듯이 보였다. 그러다가 입을 열었다. "박사님, 저는 독신입니다. 결혼한 적이 한 번도 없습니다. 33년 동안 그분의 그림자처럼 매일매일 지내왔습니다. 그분이 가는 모든 장소에 따라가서 그분이 하는 모든 일을 도와드렸죠. 마치 그분의 일부가 된 것처럼요. 그런 생활을 계속하고 있으면, 나 자신이 진정으로 무엇을 원하는지조차 점점 알 수 없게 됩니다."

니밋이 카스테레오의 음량을 조금 높였다. 굵은 음색의 테너 색소폰이 솔로 연주를 하고 있었다.

"이를테면 이 음악만 해도 그렇습니다. 그분은 말씀하셨어요. '알겠나, 니밋. 이 음악을 잘 들어봐. 콜먼 호킨스의 애드리브 라인을 하나하나 주의 깊게 들어보라고. 그가 그 라인을 사용해 우리에게 무얼 말하려 하는지 가만히 귀 기울여봐. 그건 가슴속에서 어떻게든 빠져나오려고 하는 자유로운 영혼에 관한 이야기야. 그런 영혼은 내 안에도 있고 자네 안에도 있어. 자, 들어봐. 들리지? 뜨거운 한숨이나 마음의 떨림이.' 전 그 음악을 몇 번이고 되풀이해 듣고, 가만히 귀 기울여 영혼의 소리를 알아듣게 되었습니다. 하지만 그게 진정으로 나 자신이 내 귀로 알아들은 것인지 아닌지는 분명히 알 수 없어요. 한 사람과 오랫동안 함께 있으면서 그의 말대로 따르고 있으면, 어떤 의미에선 일심동체처럼 되어버리는 겁니다. 제가 하는 말의 의미를 이해하시겠나요?"

"아마도요" 하고 사쓰키는 말했다.

니밋이 하는 말을 듣고 있는 동안 문득, 그와 주인이 동성애 관계에 있었을지도 모른다고 사쓰키는 생각했다. 물론 직감적인 추측에 불과하다. 근거는 없다. 하지만 그렇게 가정하면, 그가 하고자 하는 말을 이해할 수 있을 것 같은 느낌이 들었다.

"하지만 전 아무것도 후회하지 않습니다. 만일 인생이 다시 한번 내게 주어진다면, 다시 한번 똑같은 일을 되풀이할 겁니다. 아주 똑같은 일을. 당신은 어떻습니까, 박사님?"

"모르겠어요, 니밋" 하고 사쓰키는 말했다. "짐작도 가지 않아요."

니밋은 더 이상 아무 말도 하지 않았다. 그들은 회색 원숭이들이 있는 산을 넘어 호텔로 돌아갔다.

내일이면 일본으로 되돌아가야 하는 마지막 날, 수영장에서 돌아오면서 니밋은 사쓰키를 이웃 마을로 데리고 갔다.

"박사님, 한 가지 부탁이 있습니다" 하고 니밋은 백미러 속의 그녀를 바라보며 말했다. "개인적인 부탁입니다."

"뭐죠?"

"한 시간쯤 제게 시간을 내주시겠습니까? 당신을 안내하고 싶은 곳이 한 군데 있어요."

그렇게 하라고 사쓰키는 말했다. 그게 어디냐고 묻지도 않았다. 얼마 전부터 그녀는 모든 일을 니밋에게 맡기고 있었던 것이다.

그 여자는 마을의 맨 가장자리에 있는 작은 집에 살고 있었다. 가난한 마을이었고, 가난한 집이었다. 경사면에 서로 포개진 듯이 이어지는 비좁은 논, 여위고 지저분한 가축. 도로는 웅덩이투성이였고, 쇠똥 냄새가 사방에 풍기고 있었다. 성기를 드러낸 수캐가 근처를 어슬렁거리고 있었고, 50cc짜리 오토바이가 요란한 소리를 내며 진흙을 양옆으로 튀기면서 지나갔다. 벌거숭이에 가까운 아이들이 길가에 늘어서서 니밋과 그녀가 지나가는 걸 가만히 바라보고 있었다. 이런 초라한 마을이 고급 리조트 호텔 바로 옆에 있었구나, 하고 사쓰키는 새삼스레 놀랐다.

나이 많은 여자였다. 여든 살에 가까울지도 모른다. 피부는 거친 가죽처럼 거무스름하고, 깊은 주름이 골짜기가 되어 온몸에 퍼져 있다. 허리가 굽었고 사이즈가 맞지 않는 축 처진 꽃무늬 원피스를 입고 있다. 니밋은 그녀를 보자 합장하고 인사를 했다. 여자도 똑같이 합장했다.

사쓰키와 노파는 테이블을 사이에 두고 마주 앉았고, 그 옆에 니밋이 앉았다. 우선 니밋과 노파는 서로 무엇인가에 대해 한 차례 이야기를 주고받았다. 나이에 비해 꽤 야무지고 힘찬 목소리였다. 치아도 튼튼하게 남아 있는 모양이었다. 이윽고 노파가 정면으로 사쓰키의 눈을 바라봤다. 날카로운 눈이었다. 눈 한 번 깜빡거리지 않았다. 그녀가 노려보고 있으니, 좁은 방에 갇혀 도망갈 곳이 없는 작은 동물처럼 불안한 기분이 되었다. 사쓰키는 온몸에 땀이 배어나고 있는 걸 느꼈다. 얼굴이 화끈거리고 숨이 거칠어졌다. 가방에서 알약을 꺼내 먹고 싶었다. 그러나 물이 없었다. 생수병을 차 안에 두고 온 것이다.

"양손을 테이블 위로 올려놓으세요" 하고 니밋이 말했다. 사쓰키는 시키는 대로 했다. 노파가 손을 뻗어 사쓰키의 오른손을 잡았다. 작지만 힘이 있는 손이었다. 약 10분간(어쩌면 이삼 분이었을지도 모른다) 노파는 아무 말 없이 사쓰키의 손을 쥐고 그녀를 바라봤다. 사쓰키는 힘없이 노파의 눈을 되받아 보고, 왼손에 든 손수건으로 가끔씩 이마에 흐르는 땀을 닦았다. 노파는 이윽고 숨을 크게 쉰 다음 사쓰키의 손을 놓아줬다. 그리고 니밋에게 한 차례 태국말로 뭔가를 이야기했다. 니밋이 그걸 영어로 번역해줬다.

"당신 몸속에 돌이 들어 있다고 합니다. 희고 딱딱한 돌입니다. 크기는 어린애 주먹만 한 정도래요. 그게 어디서 생겼는지 그녀는 알 수 없답니다."

"돌이요?" 하고 사쓰키는 물었다.

"돌에 글자가 쓰여 있는데 일본어라서 그녀로서는 읽을 수가 없답니다. 검은 먹으로 뭔가 작은 글자가 쓰여 있대요. 그건 오래된 것이어서, 분명 당신은 오랜 세월 동안 그걸 안고 살아왔을 거랍니다. 그리고 당신은 그 돌을 어딘가에 버리지 않으면 안 된답니다. 그러지 않으면 죽어서 화장을 한 뒤에도 그 돌만 남는대요."

노파는 이번엔 사쓰키를 향해 태국말로 천천히 길게 말했다. 목소리의 톤으로 미루어, 그게 중요한 이야기라는 걸 알 수 있었다. 니밋이 다시 영어로 통역해줬다.

"가까운 시일 내에 커다란 뱀이 나오는 꿈을 꿀 거라는군요. 벽에 난 구멍에서 스르륵 하고 뱀이 나오는 꿈이랍니다. 비늘투성이의 녹색 뱀입니다. 그 뱀이 구멍에서 1미터 정도 나오면 목을 잡으세요. 잡고 나면 놓아줘서는 안 됩니다. 뱀은 얼핏 보기에 무서워 보이지만 해를 끼치는 뱀은 아니랍니다. 그러니까 무서워해선 안 된대요. 양손으로 힘껏 잡으세요. 그걸 당신 목숨이라 생각하고, 당신이 잠에서 깨어날 때까지 계속. 그 뱀이 당신의 돌을 삼킬 거랍니다. 아셨죠?"

"아, 그건 대체…."

"알았다고 말씀하세요" 하고 니밋이 진지한 목소리로 말했다.

"알았어요" 하고 사쓰키는 말했다.

노파가 조용히 고개를 끄덕였다. 그러고는 다시 사쓰키를 향해 뭐라고 말했다.

"그분은 죽지 않았답니다" 하고 니밋이 통역했다. "상처 하나 입지 않았답니다. 그게 당신이 바란 일이 아니었을지도 모르지만, 당신에겐 참으로 다행스러운 일이랍니다. 당신의 행운에 감사하래요."

노파가 또 니밋에게 짧게 뭐라고 말했다.

"끝났습니다" 하고 니밋이 말했다. "호텔로 돌아갑시다."

"그건 점 같은 건가요?" 사쓰키는 차 안에서 니밋에게 물었다.

"점은 아닙니다, 박사님. 박사님이 사람들 몸을 치료하는 것처럼, 그 여자는 사람들의 마음을 치료하죠. 주로 꿈을 예언합니다."

"그렇다면 사례를 하고 왔어야 했는데 갑작스러운 일이라 놀라서 까맣게 잊어버렸네요."

니밋이 핸들을 정확하게 꺾으면서 산길의 날카로운 커브길을 돌았다.

"수고비는 제가 치렀습니다. 신경 쓰실 정도의 액수는 아닙니다. 박사님에 대한 저의 작은 호의의 표시로 생각해주세요."

"당신이 안내한 사람은 모두 거기로 데려가나요?"

"아니요, 박사님. 그 집에 모시고 간 분은 박사님뿐입니다."

"왜죠?"

"당신은 아름다운 분입니다, 박사님. 총명하고 강하죠. 하지만 언제나 마음이 편치 않은 것처럼 보여요. 앞으로 당신은 서서히 죽음을 향할 준비를 하지 않으면 안 됩니다. 앞으로 살아가는 일에만 많은 힘을 기울이면 잘 죽을 수 없게 됩니다. 조금씩 방향을 바꿔가지 않으면 안 됩니다. 사는 것과 죽는 것은 어떤 의미에선 같은 겁니다, 박사님."

"이봐요, 니밋." 사쓰키는 선글라스를 벗고, 조수석 등받이에서 몸을 앞으로 내밀며 말했다.

"뭡니까, 박사님?"

"당신은 잘 죽을 준비가 되어 있나요?"

"전 이미 절반은 죽어 있습니다, 박사님." 니밋은 당연한 일인 것처럼 말했다.

그날 밤, 넓고 깨끗한 침대 속에서 사쓰키는 울었다. 그녀는 자신이 천천히 죽음을 향해 가고 있는 것을 인식했다. 몸속에 희고 단단한 돌이 들어 있는 것을 인식했다. 비늘투성이의 녹색 뱀이 어둠 속 어딘가에 숨어 있는 것을 인식했다. 태어나지 않은 아이를 생각했다. 그녀는 그 아이를 지우고, 바닥이 없는 우물에 던져 넣어버렸다. 그리고 한 남자를 30년에 걸쳐 증오해왔다. 남자가 몹시 괴로워하면서 죽기를 바랐다. 그래서 마음속으로 늘 지진이 일어나기를 간절히 원했다. 어떤 의미에서 그 지진을 일으킨 것은 나 자신이었던 것이다. 그리고 그 남자가 내 마음을 돌로 바꾸어놓은 것이다. 먼 산속에서는 회색 원숭이들이 말없이 그녀를 바라보고 있었다. 사는 것과 죽는 것은 어떤 의미에선 같은 겁니다, 박사님.

공항 카운터에서 짐을 맡긴 다음, 사쓰키는 봉투에 넣은 100달러짜리 지폐를 니밋에게 건넸다.

"여러 가지로 고마웠어요. 당신 덕분에 즐거운 휴가를 보낼 수 있었어요. 이건 내 개인적인 선물이에요."

"마음 써주셔서 감사합니다, 박사님" 하고 니밋이 그 돈을 받았다.

"저기요, 니밋. 당신과 둘이서 커피라도 마실 수 있는 시간이 있나요?"

"기꺼이 함께 가겠습니다."

두 사람은 커피숍에 들어가 커피를 마셨다. 사쓰키는 아무것도 타지 않은 블랙으로 마셨고, 니밋은 크림을 듬뿍 넣어 마셨다. 사쓰키는 컵을 받침 접시 위에서 한참 동안 빙글빙글 돌렸다.

"사실 나에겐 지금까지 누구에게도 털어놓지 못한 비밀이 있어요" 하고 그녀는 니밋에게 말하기 시작했다. "줄곧 그걸 입에 올릴 수 없었어요. 나 혼자 간직하고 살아왔죠. 하지만 오늘, 당신에게 그 이야기를 하고 싶어요. 아마도 당신을 다시 만날 일은 없을 테니까요. 아버지가 돌아가신 순간부터, 어머니는 나한테 한마디 말도 하지 않고…."

니밋은 양손의 손바닥을 사쓰키에게 보이며 강하게 고개를 저었다. "박사님, 부탁입니다. 더 이상 저한테 아무 말도 하지 마십시오. 그 여자가 말했던 것처럼 꿈을 기다리세요. 당신의 기분은 이해합니다만, 일단 말로 해버리면 그건 거짓말이 됩니다."

사쓰키는 그 말을 이해하고 잠자코 눈을 감았다. 크게 숨을 들이마셨다가 내쉬었다.

"꿈을 기다리는 겁니다, 박사님" 하고 니밋은 타이르듯이 상냥하게 말했다. "지금은 참는 게 필요합니다. 말을 하지 마세요. 말은 돌이 됩니다."

그는 손을 뻗어 사쓰키의 손을 조용히 잡았다. 이상하리만큼 매끈하고 여린 감촉의 손이었다. 마치 고급 장갑에 싸여서 계속 보호받아온 듯한. 사쓰키는 눈을 뜨고 그의 얼굴을 바라봤다. 니밋은 손을 놓은 다음 테이블 위에서 손깍지를 끼었다.

"노르웨이인인 제 주인은 라플란드 출신이었어요" 하고 니밋은 말했다. "아시겠지만 라플란드는 노르웨이에서도 최북단에 있는 지방입니다. 북극에 가깝고, 순록도 많이 있죠. 여름에는 밤이 없고, 겨울에는 낮이 없습니다. 그는 아마 그 추위에 질려 태국으로 온 것 같습니다. 아무튼 정반대라고 할 수 있는 곳이니까요. 그는 태국을 사랑했고, 이 나라에 뼈를 묻을 결심을 하고 있었습니다. 하지만 죽는 그날까지 자신이 태어난 고향인 라플란드를 그리워했어요. 저한테 그 작은 마을에 대한 이야기를 곧잘 하곤 했죠. 그럼에도 불구하고 그는 33년 동안 한 번도 노르웨이로 돌아가지 않았어요. 틀림없이 거기엔 뭔가 특별한 사정이 있었을 거예요. 그 역시 자기 몸에 돌을 집어넣은 사람이었습니다."

니밋은 커피잔을 손에 들고 한 모금 마신 뒤 소리 나지 않게 주의해서 받침 위에 놓았다.

"그가 저한테 북극곰 이야기를 해준 적이 있습니다. 북극곰이 얼마나 고독한 동물인가 하는 이야기였죠. 그들은 1년에 한 번만 교미를 합니다. 1년에 딱 한 번입니다. 부부와 같은 관계는 그들 세계에는 존재하지 않습니다. 얼어붙은 대지 위에서 수컷 북극곰 한 마리와 암컷 북극곰 한 마리가 우연히 만나고, 거기서 교미가 이루어져요. 그다지 긴 교미는 아닙니다. 행위가 끝나면, 수컷은 무언가를 보고 무서워하는 것처럼 암컷 몸에서 물러선 다음 교미를 한 현장에서 도망칩니다. 글자 그대로 쏜살같이 뒤도 돌아보지 않고 달아나는 거죠. 그리고 다음 1년 동안 깊은 고독 속에서 살아가요. 상호간의 의사소통이라는 건 전혀 존재하지 않습니다. 마음과 마음이 서로 통하는 일도 없어요. 아무튼 그게 제 주인이 이야기해준 겁니다."

"어쩐지 이상한 이야기군요."

"확실히 이상한 이야기입니다" 하고 니밋은 고지식한 얼굴로 말했다. "그때 주인에게 물어봤어요. 그렇다면 도대체 북극곰은 무엇 때문에 사는 겁니까, 하고요. 그러자 주인은 뜻 모를 미소를 얼굴에 띠며 되묻더군요. '니밋, 그럼 우리는 대체 무엇 때문에 살아가고 있는 거지?' 하고요."

비행기가 이륙했고 안전벨트 착용 사인이 꺼졌다. 나는 이렇게 다시 일본으로 돌아가려 하고 있구나, 하고 사쓰키는 생각했다. 그녀는 앞으로의 일을 생각하려다가 그만두었다. 말은 돌이 된다고 니밋은 말했다. 그녀는 좌석에 깊숙이 몸을 묻고 두 눈을 감았다. 그리고 수영장에서 배영을 하며 올려다본 하늘의 색깔을 떠올렸다. 에롤 가너가 연주하는 「사월의 추억」의 멜로디를 떠올렸다. 자야지, 하고 그녀는 생각한다. 어쨌든 그냥 자자. 그리고 꿈이 다가오기를 기다리는 것이다.

개구리 군,
도쿄를
구하다

◐

가타기리가 아파트 방으로 돌아오니, 거대한 개구리가 기다리고 있었다. 두 개의 뒷다리로 일어선 키가 2미터 이상이다. 체격도 좋다. 키가 160센티미터밖에 안 되는 말라빠진 가타기리는 그 당당한 외관에 압도되어버렸다.

"저를 개구리 군이라고 불러주세요" 하고 개구리가 쩌렁쩌렁한 목소리로 말했다.

가타기리는 할 말을 잃고 멍하니 입을 벌린 채 현관 입구에 우두커니 서 있었다.

"그렇게 놀라지 마세요. 해를 끼치거나 하지는 않습니다. 안으로 들어와 방문을 닫아주세요" 하고 개구리 군이 말했다.

가타기리는 오른손에 업무용 가방을 들고, 왼손으로 야채와 연어 통조림이 든 슈퍼 종이 봉지를 껴안은 채 한 발짝도 움직일 수 없었다.

"자, 가타기리 씨. 빨리 방문을 닫고 신발을 벗어요."

가타기리는 자기 이름을 부르는 소리를 듣고 간신히 정신을 차렸다. 시키는 대로 문을 닫고 종이 봉지를 바닥에 내려놓고 가방을 겨드랑이에 낀 채 신발을 벗었다. 그리고 개구리 군에게 이끌려 부엌 테이블 앞의 의자에 앉았다.

"가타기리 씨" 하고 개구리 군이 말했다. "주인 없는 방에 멋대로 들어와서 미안합니다. 놀라셨겠죠. 하지만 이렇게 할 수밖에 없었습니다. 어때요, 차라도 마시지 않겠어요? 이제 슬슬 돌아오실 거라고 생각해서 물을 끓여놓았습니다."

가타기리는 아직도 꼼짝 않고 가방을 꽉 쥐고 있었다. 이건 대체 무슨 장난일까? 누군가가 변장 옷을 입고 나를 놀리고 있는 걸까? 하지만 콧노래를 부르며 손잡이가 달린 주전자 모양의 사기그릇에 더운물을 따르고 있는 개구리 군의 몸매나 동작은 아무리 봐도 진짜 개구리였다. 개구리 군은 찻잔 하나를 가타기리 앞에 놓고, 다른 하나를 자기 앞에 놓았다.

"조금 마음이 가라앉았습니까?" 하고 개구리 군이 차를 홀짝이면서 말했다.

가타기리는 아직도 말을 잃은 채였다.

"원래대로라면 약속을 하고 왔어야 했죠" 하고 개구리 군이 말했다. "그건 잘 알고 있어요, 가타기리 씨. 집에 돌아왔는데 갑자기 커다란 개구리가 기다리고 있으면 누구라도 놀랄 거예요. 하지만 매우 중요하고도 급한 용건이 있어서 이렇게 왔습니다. 실례를 용서해주세요."

"용건?" 가타기리는 그제야 겨우 말다운 소리를 입에 올릴 수 있었다.

"그래요, 가타기리 씨. 아무 용건도 없이 남의 집에 마음대로 들어오지는 않습니다. 전 그렇게 예의를 모르는 놈이 아닙니다."

"내 직업과 관련된 용건입니까?"

"대답은 '예스'이고, '노'입니다" 하고 개구리 군이 고개를 갸우뚱하며 말했다. "아니, '노'이고, '예스'입니다."

좀 침착해져야겠군, 하고 가타기리는 생각했다. "담배를 피워도 되겠습니까?"

"물론, 물론이죠" 하고 개구리 군이 상냥하게 말했다. "여긴 당신 집 아닙니까? 나한테 일일이 양해를 구할 필요 없어요. 담배를 피우든 술을 마시든 마음대로 하세요. 전 담배를 피우진 않지만, 남의 집에서 금연을 주장하는 그런 무법자 같은 짓은 안 합니다."

가타기리는 코트 주머니에서 담배를 꺼낸 다음 성냥을 그었다. 담배에 불을 붙일 때 손이 떨리고 있다는 걸 느꼈다. 개구리 군은 맞은편 좌석에서 일련의 동작을 흥미로운 듯이 지켜보고 있었다.

"혹시 당신이 무슨 조직의 관계자는 아니겠죠?" 하고 가타기리는 조심스럽게 물어봤다.

"하하하하하하" 하고 개구리 군이 웃었다. 밝고 큰 웃음소리였다. 그러고는 물갈퀴가 있는 손으로 무릎을 탁 쳤다. "아무러면 그렇겠습니까. 이 세상에 아무리 인재가 부족하다 해도 어떤 폭력단이 개구리 따위를 고용하겠습니까? 그런 짓을 하면 세상 사람들의 비웃음거리밖에 더 되겠습니까?"

"만약 당신이 빌린 돈 문제를 교섭하러 왔다면, 그건 소용없는 일이에요" 하고 가타기리는 딱 잘라 말했다. "나에겐 결정권이 전혀 없습니다. 나는 상사의 결정에 따라, 명령을 받고 행동할 뿐입니다. 어떤 형태로든 당신에게 도움이 되도록 할 수는 없습니다."

"가타기리 씨" 하고 개구리 군이 손가락 하나를 허공에 치켜세웠다. "나는 그런 하찮은 일로 여기에 온 게 아닙니다. 당신이 도쿄안전신용금고 신주쿠지점의 융자관리과 계장대리를 하고 있다는 건 알고 있어요. 하지만 이건 빌린 돈을 갚는 문제와는 아무 관계가 없는 이야기예요. 내가 여기에 온 건 도쿄를 멸망에서 구해내기 위해서입니다."

가타기리는 주위를 둘러봤다. 몰래카메라나 그런 종류의 커다란 못된 장난에 걸려든 건지도 모른다. 그러나 카메라는 어디에도 없었다. 작은 아파트의 방이다. 누군가가 몸을 숨길 만한 장소도 없다.

"여기에 우리 외엔 아무도 없어요, 가타기리 씨. 아마도 당신은 나를 머리가 돌아버린 개구리 정도로 생각하겠죠? 아니면 백일몽이라도 꾸고 있다고 생각하겠죠? 하지만 나는 머리가 돌지 않았고, 이건 백일몽이 아닙니다. 아주 진지한 이야기입니다."

"저기, 개구리 씨."

"개구리 군." 개구리 군이 다시 손가락 하나를 치켜세우고 정정했다.

"아, 개구리 군" 하고 가타기리는 고쳐 말했다. "당신을 믿지 않는 건 아닙니다. 다만, 난 아직 사태를 잘 파악하지 못하겠어요. 지금 여기서 무슨 일이 일어나고 있는지 이해하지 못하고 있죠. 그래서 말인데, 몇 가지 질문을 해도 되겠습니까?"

"물론입니다" 하고 개구리 군이 말했다. "서로 이해하는 건 매우 중요한 일입니다. 이해는 오해의 총체에 지나지 않는다,라고 말하는 사람도 있고, 나도 그걸 그런대로 재미있는 견해라고 생각해요. 하지만 유감스럽게도 지금 우리에겐 기분 좋게 길을 우회하고 있을 시간적 여유가 없어요. 가장 가까운 거리에서 서로 이해할 수 있다면, 그게 가장 좋은 일이죠. 그러니까 얼마든지 질문하세요."

"당신은 진짜 개구리인가요?"

"물론 보시는 바와 같이 진짜 개구리입니다. 은유라든가, 인용이라든가, 탈구축脫構築이나 표본 따위의 그런 까다로운 게 아닙니다. 실물 그대로의 개구리입니다. 조금 울어볼까요?"

개구리 군이 천장을 향해 목을 크게 움직였다. **개굴개굴, 개굴개굴**. 엄청나게 큰 소리였다.

"아, 알았습니다" 하고 가타기리는 당황하며 말했다. 벽이 얇은 싸구려 아파트였기 때문이다. "됐습니다. 당신은 확실히 진짜 개구리군요."

"어쩌면 총체로서의 개구리라고도 말할 수 있어요. 하지만 설령 그렇다 하더라도, 내가 개구리라는 사실에는 변함이 없습니다. 나를 개구리가 아니라고 말하는 사람이 있다면, 그 사람은 지독한 거짓말쟁이예요. 단호히 박살 내버릴 겁니다."

가타기리는 고개를 끄덕였다. 그리고 마음을 진정시키기 위해, 찻잔을 손에 들고 한 모금 마셨다. "도쿄가 멸망하는 걸 막고 싶다고 하셨죠?"

"네, 그랬습니다."

"그건 대체 어떤 종류의 멸망입니까?"

"지진입니다" 하고 개구리 군이 엄숙하고 무거운 목소리로 말했다.

가타기리는 입을 벌린 채 개구리 군을 바라봤다. 개구리 군도 잠시 아무 말 하지 않고 가타기리의 얼굴을 바라봤다. 두 사람은 서로를 뚫어지게 봤다. 이윽고 개구리 군이 입을 열었다.

"엄청나게, 엄청나게 큰 지진입니다. 지진은 2월 18일 아침 여덟 시 반경에 도쿄를 엄습하게 되어 있습니다. 즉 사흘 후입니다. 그건 지난달에 일어난 고베 대지진보다 더욱 참혹한 재앙이 될 겁니다. 그 지진으로 대략 15만 명이 죽게 될 것으로 짐작됩니다. 대부분이 러시아워 때 교통기관의 탈선, 전복, 충돌 사고에 의한 것입니다. 고속도로의 붕괴, 지하철의 붕괴, 고가 전철의 추락, 탱크로리의 폭발. 빌딩이 벽돌 더미의 산이 되어 사람들을 짓눌러버립니다. 사방에서 불길이 솟아오르고요. 도로 기능은 괴멸 상태가 되어 구급차나 소방차도 무용지물이 되어버립니다. 사람들이 단지 헛되게 죽어갈 뿐입니다. 사망자는 15만 명입니다. 즉 지옥입니다. 도시라는 집약적 상황이 얼마나 취약한 것인가를 사람들은 새삼스레 깨닫게 될 겁니다." 개구리 군은 이렇게 말하며 고개를 가볍게 저었다. "진원지는 신주쿠구청에서 아주 가까운 곳이며, 이른바 위에서 아래로 흔들리는 직하형 지진입니다."

"신주쿠구청에서 가까운 곳?"

"정확히 말씀드리면, 도쿄안전신용금고 신주쿠지점이 있는 곳의 바로 아래죠."

무거운 침묵이 계속되었다.

"그래서, 요컨대" 하고 가타기리는 말했다. "당신이 그 지진을 저지하겠다고요?"

"네, 그렇습니다" 하고 개구리 군이 고개를 끄덕이며 대답했다. "맞아요. 내가 가타기리 씨와 함께 도쿄안전신용금고 신주쿠지점 지하로 내려가서, 거기에 있는 지렁이 군을 상대로 싸우는 겁니다."

가타기리는 신용금고 융자관리과의 직원으로서 지금까지 여러 난관을 용케 헤쳐 나왔다. 대학을 졸업하고 도쿄안전신용금고에 취직한 이후 16년 동안 쭉 융자관리과의 업무를 봐왔다. 요컨대 융자금의 징수 업무를 맡고 있는 것이다. 결코 인기 있는 부서는 아니었다. 누구나 빌려주는 일을 하고 싶어 했다. 특히 거품경제 시기에 그랬다. 돈이 남아도는 시대였기 때문에, 담보가 될 만한 토지나 증권만 있으면 융자 담당자들은 얼마든지 돈을 빌려줬다. 그게 실적이 되었다. 그러나 빌려준 돈이 회수되지 않는 때도 있었으며, 그런 경우 뒤처리를 맡는 게 가타기리가 소속된 융자관리과가 하는 일이었다. 거품경제가 사라진 후로는 일이 급격히 늘어났다. 우선 주가가 내려갔고, 땅값이 폭락했다. 그렇게 되니 담보가 본래의 의미를 가질 수 없게 되었다. "조금이라도 좋으니 현금으로 받아 오라"는 게 상부의 지상 명령이었다.

신주쿠구 가부키초는 폭력의 미궁 같은 장소다. 옛날부터의 야쿠자도 있고, 한국계 조직폭력단도 얽혀 있다. 중국인 마피아도 있다. 총과 마약이 넘쳐나고 있다. 많은 돈이 표면으로 나오지 않고, 어둠 속에서 어둠 속으로 흘러간다. 사람이 연기처럼 사라져버리는 일도 종종 있다. 가타기리도 빚 독촉을 하러 가서, 몇 번이나 야쿠자들에게 둘러싸여, 죽여버리겠다는 협박을 당한 적이 있었다. 그러나 특별히 무섭다고 생각하지는 않았다. 신용금고 외근 직원을 죽인들, 그게 무슨 도움이 되겠는가? 찌를 테면 찔러라. 쏠 테면 쏴라. 마침 그에게는 아내도 자식도 없고, 부모님은 이미 돌아가셨다. 남동생과 누이동생은 자신이 보살펴 대학을 졸업시키고 결혼도 시켰다. 지금 여기서 죽임을 당한다고 해도 곤란해질 사람은 아무도 없다. 가타기리 자신이 곤란해지는 것도 아니다.

가타기리가 그런 식으로 땀 한 방울 흘리지 않고 태연히 있으니까, 둘러싼 야쿠자들 쪽이 오히려 불안해지고 거북해지는 듯했다. 덕분에 가타기리는 그 세계에서는 간 큰 남자로 약간 이름이 알려지게 되었다. 그러나 지금, 가타기리는 어찌할 바를 모르고 있었다. 어쩌면 좋을지 짐작조차 가지 않았다. 대체 이게 무슨 이야긴가? 지렁이 군?

"지렁이 군이란 건 도대체 누구죠?" 하고 가타기리는 매우 조심스럽게 물어봤다.

"지렁이 군은 땅속에서 살고 있습니다. 아주 큰 지렁이예요. 화를 내면 지진을 일으킵니다" 하고 개구리 군이 말했다. "지금 지렁이 군은 굉장히 화를 내고 있어요."

"지렁이 군은 무엇 때문에 화를 내고 있는 거죠?"

"모르겠습니다" 하고 개구리 군이 말했다. "지렁이 군이 그 어두운 머릿속에서 무슨 생각을 하고 있는지, 그건 아무도 몰라요. 지렁이 군을 본 사람조차 거의 없습니다. 그는 평소엔 언제나 긴 잠을 자고 있어요. 어둡고 따뜻한 땅속에서 몇 년 또는 몇십 년 동안 계속 정신없이 잠을 자고 있습니다. 당연한 일이지만 눈은 퇴화해버렸어요. 뇌는 잠을 자는 동안 끈적끈적하게 녹아서 뭔가 다른 것이 되어버렸죠. 실제로 그는 아무것도 생각하고 있지 않으리라고 나는 생각합니다. 그는 단지 멀리서 다가오는 음향이나 진동을 몸으로 느끼고, 하나하나 흡수해서 축적하고 있을 뿐이라고 생각해요. 그리고 그것들의 대부분이 어떤 화학작용에 의해서 증오라는 형태로 치환됩니다. 어떻게 해서 그런지는 모르겠어요. 나로선 설명할 수 없는 문제입니다."

개구리 군은 잠시 가타기리의 얼굴을 바라보며 잠자코 있었다. 자기가 한 말이 가타기리의 머릿속에서 이해되기를 기다렸다. 그러고는 다시 이야기를 계속했다.

"오해하면 곤란하지만, 나는 지렁이 군에 대해 개인적인 반감이나 적대심을 갖고 있는 건 아닙니다. 또 그를 악의 화신으로 보는 것도 아닙니다. 친구랄까, 그런 것까지 생각하진 않지만, 지렁이 군 같은 존재도 어떤 의미에서는 이 세상에 있어도 상관없는 것이리라고 생각합니다. 세계란 커다란 외투와도 같은 것이며, 거기에는 다양한 형태의 주머니가 필요하기 때문이죠. 하지만 지금의 그는 그대로 방치할 수 없을 정도로 위험한 존재가 되어 있습니다. 지렁이 군의 마음과 신체는, 오랫동안 흡수해서 축적된 여러 가지 증오에 의해 전례가 없을 만큼 잔뜩 부풀어 올라 있어요. 게다가 그는 지난달에 일어난 고베 지진 때문에 기분 좋게 자던 깊은 잠을 별안간 방해받았어요. 그 일로 그는 깊은 노여움으로 시사되는 하나의 계시를 얻게 되었죠. 그래서 '좋다, 그러면 나도 도쿄 거리에서 커다란 지진을 일으켜보자'고 결심한 겁니다. 나는 그 날짜와 시간, 규모 등에 대해 사이좋은 몇 마리 벌레들로부터 확실한 정보를 얻었습니다. 틀림

없습니다."

개구리 군은 입을 다물고, 이야기하느라 피로해진 듯 가볍게 눈을 감았다.

"그래서" 하고 가타기리는 말했다. "당신과 나 둘이서 지하로 잠입해 지렁이 군과 싸워 지진을 막는다?"

"네, 맞아요."

가타기리는 찻잔을 손에 들었다가 다시 테이블 위에 내려놓았다. "아직 잘 이해가 되지 않네요. 그러면 왜 내가 당신의 파트너로 선택된 거죠?"

"가타기리 씨" 하고 개구리 군이 물끄러미 가타기리의 눈을 들여다보며 말했다. "나는 늘 당신이라는 사람을 존경해왔습니다. 지난 16년 동안 당신은 남들이 하기 싫어하는 재미없고 위험한 일을 떠맡아 묵묵히 처리해왔습니다. 그게 얼마나 힘든 일이었는지 나는 잘 알고 있습니다. 유감스럽게도 당신의 그런 업무 처리가 상사나 동료들에게 정당하게 평가받았다고는 생각되지 않아요. 분명히 그들에겐 사람을 평가하는 안목이 없는 것 같아요. 하지만 당신은 인정받지 못해도, 출세하지 못해도 푸념하지 않습니다.

회사 일뿐만이 아니에요. 부모님이 돌아가신 다음, 당신은 아직 십대였던 남동생과 여동생을 남자 혼자 손으로 키우고, 대학을 졸업시키고, 결혼 뒤치다꺼리까지 했어요. 그

때문에 당신은 자기 시간과 돈을 크게 희생하지 않으면 안 되었어요. 당신 자신은 결혼할 수도 없었죠. 그런데도 동생들은 당신이 돌봐준 것을 조금도 고마워하지 않아요. 털끝만큼도 고맙게 여기지 않죠. 거꾸로 당신을 업신여기고, 배은망덕한 짓만 하고 있습니다. 내가 보기엔 말도 안 되는 일이에요. 당신 대신 두들겨 패주고 싶을 정도입니다. 하지만 당신은 별로 화를 내지도 않아요.

솔직히 말해, 당신은 별로 풍채가 좋지 못해요. 말도 잘 못하죠. 그래서 주위 사람들이 깔보는 구석도 있어요. 하지만 나는 잘 압니다. 당신은 사리에 밝고 용기가 있는 분입니다. 도쿄가 아무리 넓다 해도 함께 싸울 상대로 당신만큼 믿을 수 있는 사람은 없습니다."

"개구리 씨."

"개구리 군." 개구리 군이 또 손가락을 세우고 정정했다.

"개구리 군, 어떻게 나에 대해 그렇게 자세히 알고 있습니까?"

"나는 그저 멋으로 오랫동안 개구리로 있는 게 아닙니다. 세상을 볼 만큼은 제대로 보고 있어요."

"하지만 개구리 군. 난 완력이 센 것도 아니고, 지하 세계에 대해선 아무것도 몰라요. 캄캄한 어둠 속에서 지렁이 군을 상대로 싸우기엔 역시 역부족인 것 같아요. 나보다 훨씬 강한 사람이 따로 있을 거예요. 가라테를 하는 사람이나 자위대의 레인저 대원이나 말이에요."

개구리 군이 커다란 눈을 빙글빙글 돌렸다. "가타기리 씨, 실제로 싸우는 건 나입니다. 그래도 나 혼자서는 싸울 수 없어요. 이게 중요한 점이죠. 내겐 당신의 용기와 정의가 필요합니다. 당신이 내 뒤에서 '개구리 군. 힘내라. 괜찮다. 너는 이길 수 있다. 너는 올바르다' 하고 힘껏 소리치며 응원해주는 게 필요하다는 겁니다."

개구리 군이 양팔을 크게 벌렸다가 양 무릎 위에 탁 치듯이 내려놓았다.

"솔직히 말씀드리면, 나로서도 어둠 속에서 지렁이 군과 싸우는 게 두렵습니다. 오랫동안 나는 예술을 사랑하며 자연과 더불어 평화주의자로서 살아왔습니다. 싸우는 건 전혀 좋아하지 않아요. 하지만 하지 않으면 안 되는 일이니까 하는 겁니다. 틀림없이 무시무시한 싸움이 될 거예요. 살아 돌아올 수 없을지도 모릅니다. 몸의 일부를 잃을지도 모릅니다. 하지만 나는 도망치지 않습니다. 니체가 말한 것처럼, 최고의 선善인 오성悟性이란 두려움을 갖지 않는 것입니다. 가타기리 씨가 해줬으면 하는 건, 올바른 용기를 나눠주는 일입니다. 친구로서 나를 마음으로부터 지지해주는 일이에요. 아시겠습니까?"

그런 말을 들어도 가타기리에겐 알 수 없는 일투성이였다. 그러나 그는 왠지 개구리 군이 하는 말을—그 내용이 아무리 비현실적으로 들린다 해도—믿어도 좋을 듯한 느낌이 들었다. 개구리 군의 표정이나 말하는 방식에는 사람 마음에 솔직하게 와닿는 정직한 구석이 있었다. 신용금고에서도 가장 거친 부서에서 일해온 가타기리는 그런 걸 파악하는 능력을 소위 제2의 천성으로 갖추고 있었다.

"가타기리 씨, 나같이 커다란 개구리가 별안간 어슬렁어슬렁 나타나 이런 얘길 꺼내며 그대로 믿어달라고 하니, 틀림없이 곤혹스러울 거라고 생각합니다. 나 역시 그게 당연한 반응이라고 생각해요. 따라서 당신에게 내가 실재한다는 증거를 하나 보여드리도록 하겠습니다. 가타기리 씨는 요즘 히가시오구마상사에 융자해준 돈이 회수되지 않아 애를 먹고 있죠?"

"확실히 그래요" 하고 가타기리는 인정했다.

"배후에 폭력단과 얽힌 총회꾼큰 회사의 주주총회를 방해함으로써 반사이익을 노리는 조직적인 훼방꾼이 붙어 있어서, 회사를 계획적으로 도산시키고 차입금의 차감 잔액을 제로로 만들려 하고 있습니다. 융자 담당자가 제대로 조사도 하지 않고 경솔하게 돈을 빌려줬어요. 언제나 그렇듯 그 뒤치다꺼리를 하는 사람은 가타기리 씨입니다. 그런데 이번 상대는 그리만만치 않아 꽤 벅찹니다. 또 다른 배후에는 유력한 정치가도 있는 것 같아요. 대부금의 총액은 약 7억 엔. 그렇게 이해하고 계시죠?"

"맞아요."

개구리 군이 양손을 공중으로 크게 뻗었다. 커다란 녹색 물갈퀴가 연한 날개처럼 획 펼쳐졌다.

"가타기리 씨, 걱정할 것 없어요. 이 개구리 군에게 맡겨 주세요. 내일 아침에는 모든 문제가 해결되어 있을 겁니다. 안심하고 주무세요."

개구리 군이 일어서서 빙긋 웃더니 말린 오징어처럼 납작해져서 닫힌 방문 틈으로 스르륵 빠져나갔다. 가타기리는 혼자 방 안에 남겨졌다. 테이블 위에 남아 있는 찻잔 두 개 외에 방 안에 개구리 군이 있었다는 사실을 보여주는 것은 없었다.

이튿날 아침 아홉 시에 출근하자, 이내 그의 책상 위에 있는 전화기가 울렸다.

"가타기리 씨" 하고 남자가 말했다. 사무적이고 차가운 목소리였다. "저는 히가시오구마상사 건을 담당하고 있는 변호사 시라오카입니다. 오늘 아침에 의뢰인으로부터 연락이 와서, 이번 현안이 되어 있는 차입금 건에 대해 그쪽에서 요구하는 금액을 책임지고 기일 내에 갚겠다고 합니다. 그리고 그에 대한 서약서도 보낼 겁니다. 그러니까 이제 개구리 군을 집으로 보내지 말아달랍니다. 거듭 말하지만 이제 집에 오지 않도록 개구리 군에게 부탁해달랍니다. 저로서는 자세한 사정을 하나도 이해할 수 없습니다만, 가타기리 씨는 무슨 말인지 알고 계시겠죠?"

"잘 알았습니다" 하고 가타기리는 말했다.

"제가 말씀드린 걸 개구리 군에게 확실히 전달해주시겠죠?"

"틀림없이 개구리 군에게 전달하겠습니다. 개구리 군은 이제 나타나지 않을 겁니다."

"됐습니다. 그럼 서약서는 내일까지 준비하겠습니다."

"잘 부탁드립니다."

전화가 끊어졌다.

그날 점심시간에 개구리 군이 신용금고에 있는 가타기리의 사무실로 찾아왔다.

"어때요. 히가시오구마상사 일은 잘 처리됐죠?"

가타기리는 당황해서 주위를 둘러봤다.

"괜찮아요. 내 모습은 가타기리 씨에게만 보입니다" 하고 개구리 군이 말했다. "이것으로 내가 실제로 존재하고 있다는 걸 이해하셨죠? 나는 당신의 환상의 산물이 아닙니다. 현실에서 행동하고 그 효과를 만들어내죠. 살아 있는 실제

존재입니다."

"개구리 씨."

"개구리 군." 개구리 군이 또 손가락 하나를 세워 정정했다.

"개구리 군" 하고 가타기리는 고쳐 말했다. "당신이 그들에게 무슨 짓을 했나요?"

"대단한 짓은 하지 않았습니다. 내가 한 건, 양배추를 삶는 것보다 약간 더 품이 드는 정도의 일이었습니다. 그저 조금 위협했을 뿐이죠. 내가 그들에게 준 건 정신적인 공포입니다. 조지프 콘래드가 썼듯이 진정한 공포란 인간이 스스로의 상상력에 대해 품는 공포입니다. 어떻습니까, 가타기리 씨. 일은 잘 처리됐죠?"

가타기리는 고개를 끄덕이고 담배에 불을 붙였다. "그런 것 같아요."

"그러면 어제저녁에 내가 말한 걸 믿어주시겠습니까? 나와 함께 지렁이 군과 싸워주시겠습니까?"

가타기리는 한숨을 쉬었다. 그리고 안경을 벗어 닦았다. "솔직히 말해 그다지 마음이 내키진 않지만, 그렇다고 해서 그걸 피할 수는 없겠죠."

개구리 군이 고개를 끄덕였다. "이것은 책임과 명예의 문제입니다. 아무리 마음이 내키지 않아도 나와 가타기리 씨는 지하에 잠입해 지렁이 군과 맞설 수밖에 없습니다. 만에 하나 싸움에 져서 목숨을 잃어도 누구도 동정해주지 않습니다. 만일 성공적으로 지렁이 군을 퇴치할 수 있다 해도 아무도 칭찬해주지 않아요. 발밑 저 아래쪽에서 그런 싸움이 있다는 것조차 사람들은 모르기 때문입니다. 그걸 아는 사람은 오직 나와 가타기리 씨뿐이죠. 어떻게 되든 고독한 싸움입니다."

가타기리는 자기 손을 잠시 보다가, 담배에서 피어오르는 연기를 바라봤다. 그러고 나서 말했다. "개구리 씨, 난 평범한 인간입니다."

"개구리 군" 하고 개구리 군이 정정했다. 하지만 가타기리는 그걸 무시했다.

"난 아주 평범한 인간입니다. 아니, 평범 이하입니다. 머리도 벗겨지고 있고 배도 나오고 있고, 지난달에 마흔 살이 됐어요. 평발에다, 건강 진단에서는 당뇨병 증세도 있다고 합니다. 여자하고 잔 지도 석 달이나 됩니다. 그것도 직업여성이 상대입니다. 빚을 받아내는 일에 관해서는 부서 내에서 조금 인정받고 있지만, 그렇다고 해서 누구에게도 존경받지는 않습니다. 직장이나 사생활에서도 나를 좋아해주는 사람은 하나도 없어요. 말주변이 없고 낯을 가려서 친구를 만들 수도 없어요. 운동신경은 둔하고 음치인 데다 키도 작고 근시입니다. 난시도 조금 있죠. 참혹한 인생입니다. 단지 잠자고 일어나 먹고 똥 싸는 재주밖에 없는 변변치 못한 인간입니다. 무엇 때문에 살고 있는지 그 이유도 잘 모릅니다. 그런 인간이 어떻게 도쿄를 구하지 않으면 안 된다는 겁니까?"

"가타기리 씨" 하고 개구리 군이 온화한 목소리로 말했다. "당신 같은 사람만이 도쿄를 구할 수 있어요. 그리고 당신 같은 사람을 위해 나는 도쿄를 구하려는 겁니다."

가타기리는 다시 한번 깊은 한숨을 쉬었다. "그래서, 대체 내가 뭘 하면 되는 겁니까?"

개구리 군이 계획을 알려줬다. 2월 17일(즉 지진이 일어나기 하루 전) 한밤중에 지하로 내려간다. 입구는 도쿄안전신용금고 신주쿠지점의 지하 보일러실에 있다. 벽의 일부를 떼어내면 수직으로 난 구멍이 있고, 끈 사다리를 이용해 그 구멍을 50미터쯤 내려가면 지렁이 군이 있는 장소에 도달한다. 두 사람은 한밤중에 보일러실에서 만난다(가타기리는 잔업을 한다는 명목으로 건물 안에 남아 있는다).

"싸우기 위한 작전 같은 건 있습니까?" 하고 가타기리는 물었다.

"작전은 있습니다. 작전 없이 이길 수 있는 상대는 아닙니다. 입과 항문의 구별도 가지 않는 미끈미끈한 놈이고, 크기는 야마노테선의 차량만큼 큽니다."

"어떤 작전인가요?"

개구리 군이 잠시 생각에 잠겼다.

"그건 말하지 않는 게 묘미가 있겠죠."

"굳이 듣지 않는 쪽이 좋다는 말인가요?"

"그렇게 말할 수 있을지도 모릅니다."

"만일 내가 최후의 순간에 겁을 먹고 그 자리에서 도망치면 개구리 씨는 어떻게 되죠?"

"개구리 군" 하고 개구리 군이 정정했다.

"개구리 군은 어떻게 할 겁니까? 만일 그렇게 된다면."

"혼자서 싸우죠" 하고 개구리 군이 잠시 생각한 후에 말했다. "내가 혼자서 그 녀석에게 이길 확률은, 안나 카레니나가 돌진하는 기관차를 이겨낼 확률보다 조금 나은 정도죠. 가타기리 씨는 『안나 카레니나』를 읽어보셨습니까?"

읽지 않았다고 가타기리가 말하자, 개구리 군이 약간 유감스럽다는 듯한 표정을 지었다. 필시 『안나 카레니나』를 좋아하는 것이리라.

"하지만 가타기리 씨는 나를 혼자 내버려두고 도망치지 않을 거라고 생각합니다. 나는 그걸 알 수 있어요. 뭐라고 말하면 좋을까, 그건 불알 문제 담력이 크면 도망치지 않는다는 뜻죠. 유감스럽게도 나에겐 불알이 달려 있지 않지만요, 하하하하."

개구리 군이 입을 크게 벌리고 웃었다. 개구리 군에겐 불알뿐 아니라 이빨도 없었다.

예기치 않은 사건이 일어났다.

2월 17일 오후에 가타기리는 저격을 당했다. 외근을 끝내고 신용금고로 돌아가려고 신주쿠 거리를 걸어가고 있을 때, 가죽점퍼를 입은 젊은 남자가 갑자기 그의 앞으로 뛰어나왔다. 표정이 없고 얄팍한 얼굴을 한 남자였다. 그의 손에 검고 작은 권총이 쥐여 있는 게 보였다. 권총이 너무 검고 작았기 때문에 진짜 권총으로는 보이지 않았다. 가타기리는 멍하니 그 손안에 있는 검은 물체를 봤다. 총구가 자신에게 향해 있고, 방아쇠가 막 당겨지려 하고 있는 것을 제대로 실감할 수 없었다. 사건은 너무 무의미하고 갑작스러웠다. 그러나 그것은 발사되었다.

반동으로 총구가 공중으로 튀어 오르는 게 보였다. 그와 동시에 오른쪽 어깻죽지를 쇠망치로 누가 힘껏 내리친 듯한 충격이 있었다. 아픔은 느끼지 않았다. 가타기리는 그 충격으로 나가떨어지듯이 도로 위에 쓰러졌다. 오른손에 들고 있던 가방이 반대 방향으로 날아갔다. 남자가 다시 한번 총구를 그가 있는 쪽으로 향했다. 두 발째가 발사되었다. 그의 눈앞에 있던 스낵바의 입간판이 산산조각 났다. 사람들의 비명이 들렸다. 안경이 어딘가로 날아가버렸고 눈앞의 풍경이 희미해졌다. 남자가 권총을 쥐고 이쪽으로 다가오는 게 어렴풋이 보였다. 난 곧 죽을 거라고 가타기리는 생각했다. 진정한 공포란 인간이 스스로의 상상력에 대해 품는 공포입니다, 하고 개구리 군은 말했었다. 가타기리는 망설이지 않고 상상력의 스위치를 내려, 무게 없는 조용함 속으로 가라앉았다.

눈을 떴을 때, 가타기리는 침대에 누워 있었다. 그는 우선 한쪽 눈을 떠서 살며시 주위를 바라본 다음, 다른 쪽 눈을 떴다. 처음 시야에 들어온 건 머리맡에 놓여 있는 철제 스탠드와 거기서 그의 몸을 향해 뻗어 있는 링거액 튜브였다. 흰 옷을 입은 간호사의 모습도 보였다. 딱딱한 침대에 자신이 반듯이 누워 있고, 이상한 옷을 입고 있었다. 옷 안에는 아무것도 입지 않은 알몸뚱이인 것 같았다.

그렇다, 나는 거리를 걸어가고 있을 때 누군가에게 저격당했다. 어깨에 총알을 맞았을 것이다. 오른쪽 어깨다. 그때의 광경이 머릿속에 되살아났다. 젊은 남자의 손안에 있던 작고 검은 권총을 생각하자 심장이 불길한 소리를 냈다. 그 녀석들이 정말로 나를 죽이려 했을까, 하고 가타기리는 생각했다. 그러나 어떻게든 죽지 않고 살아난 모양이다. 기억도 확실했다. 통증은 없다. 아니, 통증뿐 아니라, 감각이 전혀 없다. 손을 들어 올릴 수조차 없다.

병실에는 창문이 없었다. 낮인지 밤인지도 알 수 없다. 저격당한 것은 오후 다섯 시 전이었다. 대체 시간이 얼마나 지난 것일까? 개구리 군과 약속한 한밤중은 이미 지나가버린 것일까? 가타기리는 방 안의 시계를 찾았다. 그러나 안경이 없는 탓에 멀리 있는 건 아무것도 보이지 않았다.

"죄송한데요" 하고 가타기리는 간호사에게 말을 걸었다.

"아, 이제 정신이 드셨군요. 다행입니다" 하고 간호사가 말했다.

"지금이 몇 시죠?"

간호사가 손목시계를 들여다봤다. "아홉 시 십오 분이에요."

"밤이요?"

"아니요. 벌써 아침이에요."

"아침 아홉 시 십오 분?" 가타기리는 베개 위로 머리를 약간 쳐들고 쉰 목소리로 말했다. 그 소리는 자기 목소리로는 들리지 않았다. "2월 18일 아침 아홉 시 십오 분인가요?"

"그래요." 그녀는 좀 더 확실히 알려주기 위해 팔을 들어 디지털시계의 날짜를 확인했다. "오늘은 1995년 2월 18일이에요."

"오늘 아침, 도쿄에 큰 지진이 일어나지 않았어요?"

"도쿄요?"

"네, 도쿄요."

간호사가 고개를 가로저었다. "제가 아는 한, 큰 지진은 일어나지 않았어요."

가타기리는 안도의 숨을 내쉬었다. 무슨 일이 있었든 간에, 어쨌든 지진은 피한 것이다.

"그런데 내 상처는 어떤가요?"

"상처요?" 하고 간호사가 말했다. "상처라니, 어떤 상처요?"

"총 맞은 상처요."

"총 맞았다고요?"

"권총으로요. 신용금고 입구 부근에서, 젊은 남자에게. 아마 오른쪽 어깨일 거예요."

간호사가 거북한 듯한 미소를 입가에 지었다. "난처하네요. 가타기리 씨는 권총에 맞지 않았어요."

"맞지 않았다고요? 정말로요?"

"정말로 전혀 맞지 않았어요. 오늘 아침에 큰 지진이 일어나지 않은 것처럼 말이에요."

가타기리는 어찌할 바를 몰랐다. "그럼 내가 왜 병원에 와 있는 거죠?"

"가타기리 씨는 어제저녁 가부키초 노상에서 졸도한 상태로 발견됐어요. 외상은 없어요. 단지 의식을 잃고 쓰러져 있었을 뿐이에요. 원인에 대해서는 지금으로선 확실히 알 수 없어요. 잠시 후 의사 선생님이 오시니까 이야기해보세요."

졸도했다고? 총알이 자기를 향해 발사되는 걸 가타기리는 확실히 봤다. 그는 크게 심호흡하고 머릿속으로 정리해봤다. 상황을 하나하나 밝혀보자.

"그렇다면 난 어제저녁부터 쭉 이 병원 침대에 누워 있었군요? 의식을 잃고요."

"그래요" 하고 간호사가 말했다. "어젯밤에는 심하게 가위눌리시더라고요, 가타기리 씨. 나쁜 꿈을 꽤 많이 꾸셨던 것 같아요. 몇 번이나 큰 소리로 '개구리 군' 하고 외쳤어요. 개구리 군이라는 건 친구의 별명인가요?"

가타기리는 눈을 감고 심장의 고동에 귀를 기울였다. 그것은 천천히 규칙적으로 생명의 리듬을 나타내고 있었다. 도대체 어디까지가 현실에서 일어난 일이고, 어디서부터가 망상의 영역에 속하는 것일까? 개구리 군은 실재했고, 지렁이 군과 싸워 이겨서 지진을 막은 것일까? 그 모든 게 긴 백일몽의 일부에 불과한 것인가? 가타기리는 영문을 알 수 없었다.

그날 밤에 개구리 군이 병실로 찾아왔다. 가타기리가 잠에서 깨어나자, 작은 불빛 속에 개구리 군이 있었다. 개구리 군은 철제 의자에 앉아 벽에 기대고 있었다. 매우 피곤한 것처럼 보였다. 커다랗게 튀어나온 녹색 눈이 가로로 그어진 반듯한 선처럼 접혀 있었다.

"개구리 군" 하고 가타기리는 불렀다.

개구리 군이 천천히 눈을 떴다. 크고 하얀 배가, 호흡에 맞춰 부풀었다가 오므라들었다.

가타기리는 말했다. "약속한 대로 보일러실로 갈 계획이었어요. 하지만 저녁에 예기치 않은 사고가 일어나서 이 병원으로 실려 왔어요."

개구리 군이 희미하게 고개를 저었다. "잘 알고 있습니다. 하지만 괜찮아요. 걱정할 건 없어요. 가타기리 씨는 분명히 제 싸움을 도와줬습니다."

"내가 당신을 도와줬다고요?"

"네, 그래요. 가타기리 씨는 꿈속에서 분명히 나를 도와줬어요. 그래서 내가 지렁이 군을 상대로 어떻게든 끝까지 싸울 수 있었던 겁니다. 가타기리 씨 덕분입니다."

"알 수가 없군요. 난 오랫동안 줄곧 의식을 잃고 있었고, 링거 주사를 맞고 있었어요. 내가 꿈속에서 무슨 일을 했는지 전혀 기억나지 않아요."

"그게 좋아요, 가타기리 씨. 아무것도 기억하지 못하는 편이 좋아요. 아무튼 모든 격렬한 싸움은 상상력 속에서 이루어졌습니다. 그것이야말로 우리의 싸움터죠. 우리는 거기서 이기고, 거기서 패배합니다. 물론 우린 누구나 유한한 존재이고, 결국은 패배하죠. 하지만 어니스트 헤밍웨이가 간파한 것처럼, 우리의 인생은 이기는 방법보다 패배하는 방법에 따라 최종적인 가치가 정해지는 겁니다. 나와 가타기리 씨는 어떻게든 도쿄의 괴멸을 저지할 수 있었습니다. 15만 명의 사람들이 죽음의 검은 손으로부터 피할 수 있었어요. 아무도 알지 못하지만, 우린 그걸 달성한 겁니다."

"당신은 어떤 식으로 지렁이 군을 물리쳤죠? 그리고 난 무슨 일을 했나요?"

"우린 죽을힘을 다해 싸웠습니다. 우린…." 개구리 군이 입을 다물고, 숨을 크게 들이쉬었다. "나와 가타기리 씨는 손에 들 수 있는 모든 무기를 이용하고, 모든 용기를 사용했습니다. 어둠은 지렁이 군의 편이었어요. 가타기리 씨는 가지고 온 족답식 발전기를 이용해 그 장소에 밝은 빛을 비춰줬어요. 지렁이 군은 어둠의 환영을 구사해 가타기리 씨를 몰아내려 했죠. 하지만 가타기리 씨는 거기 버티고 서 있었습니다. 어둠과 빛이 서로 세차게 싸웠어요. 그 빛 속에서 나는 지렁이 군과 격투했습니다. 지렁이 군이 내 몸에 휘감겨서, 끈적끈적한 공포의 액체를 뿌렸어요. 나는 지렁이 군을 토막 냈습니다. 하지만 아무리 토막 내도 지렁이 군은 죽지 않았어요. 토막 나서 분해될 뿐이었죠. 그리고…."

여기서 개구리 군이 입을 다물었다. 그러고는 다시 힘을 쥐어짜듯이 입을 열었다.

"표도르 도스토옙스키는 신에게 버림받은 사람들을 더할 나위 없이 우아하게 묘사했어요. 신을 만들어낸 인간이 그 신에게 버림받는다는 처절한 패러독스 속에서, 그는 인간 존재의 존귀함을 본 겁니다. 나는 어둠 속에서 지렁이 군과 싸우면서 문득 도스토옙스키의 소설 『백야』를 떠올렸습니다. 나는…" 하고 말하다가 개구리 군이 잠시 머뭇거렸다. "가타기리 씨, 잠을 좀 자도 되겠습니까? 좀 피곤해서요."

"푹 자요."

"나는 지렁이 군을 물리칠 수 없었어요" 하고 개구리 군이 눈을 감았다. "지진을 저지하는 건 어떻게든 가능했지만, 지렁이 군과의 싸움에서 내가 할 수 있었던 건 간신히 무승부로 끌고 가는 것뿐이었어요. 나는 지렁이 군에게 피해를 줬지만, 지렁이 군도 나에게 피해를 입혔습니다. …하지만 가타기리 씨."

"뭐죠?"

"나는 순수한 개구리 군이지만, 동시에 비非개구리 군의 세계를 표상하는 것이기도 합니다."

"무슨 말인지 잘 모르겠는데…."

"나도 잘 몰라요" 하고 개구리 군이 눈을 감은 채 말했다. "단지 그런 느낌이 들 뿐이에요. 눈에 보이는 게 반드시 진실이라고는 말할 수 없습니다. 나의 적은 나 자신 속의 나이기도 해요. 나 자신 속에는 내가 아닌 나가 들어 있습니다. 내 머리는 아무래도 혼탁해진 것 같아요. 기관차가 달려오고 있습니다. 하지만 나는 가타기리 씨가 그걸 이해해주길 바랍니다."

"개구리 군, 당신은 지금 아주 피곤해 보여요. 자고 나면 회복될 거예요."

"가타기리 씨, 나는 점점 혼탁 속으로 되돌아가고 있어요. 그렇지만 만일… 내가…."

개구리 군은 그대로 말을 잃고 혼수상태에 빠졌다. 기다란 양손은 바닥 쪽으로 축 늘어졌고, 납작하고 커다란 입은 가볍게 벌어져 있었다. 자세히 보니, 개구리 군의 몸 여기저기에 깊은 상처 자국이 나 있는 게 보였다. 변색된 힘줄이 여기저기 보였고, 머리 일부가 뜯겨 움푹 패어 있었다.

가타기리는 잠이라는 두꺼운 옷에 싸여 있는 개구리 군의 모습을 한참 동안 바라봤다. 그러면서 병원에서 퇴원하면 『안나 카레니나』와 『백야』를 사서 읽어봐야겠다고 생각했다. 그리고 그 소설들에 대해 개구리 군과 실컷 이야기하는 것이다.

이윽고 개구리 군이 몸을 움찔움찔 움직이기 시작했다. 처음엔 개구리 군이 잠결에 몸을 움찔하는 거라고 가타기리는 생각했다. 하지만 그렇지 않았다. 뒤에서 누군가가 커다란 인형을 흔들고 있는 것처럼 개구리 군은 어딘지 부자연스러운 움직임을 보이고 있었다. 가타기리는 놀라서 숨죽이며 그 모습을 지켜봤다. 그는 일어서서 개구리 군 곁으로 가려 했다. 그러나 온몸이 마비되어 말을 듣지 않았다.

이윽고 개구리 군의 눈 바로 윗부분이 커다란 혹이 되어 부풀어 올랐다. 어깨 주위와 옆구리에도 같은 모양의 혹이 보기 흉한 거품처럼 부풀어 올랐다. 온몸이 혹투성이가 되었다. 무슨 일이 일어나고 있는 것인지, 가타기리는 상상도 할 수 없었다. 그는 숨을 멈추고 그 광경을 지켜봤다.

이윽고 갑자기 혹 하나가 터졌다. 펑 하는 소리가 나면서 그 부분의 피부가 사방으로 튀었고, 걸쭉한 액체가 뿜어져 나와 역겨운 냄새가 떠돌았다. 마찬가지로 다른 혹들도 잇따라 터졌다. 모두 스무 개 내지 서른 개의 혹이 파열되어, 그 피부 껍질과 체액이 병실 벽에 튀었다. 견딜 수 없을 만큼 지독한 악취가 좁은 병실 가득히 퍼졌다. 혹이 터진 다음엔 어두운 구멍이 나타났다. 그리고 거기서 크고 작은 여러 가지 구더기 같은 것들이 우글우글 기어 나오는 게 보였다. 말랑말랑한 흰 구더기였다. 구더기에 이어 작은 지네 같은 것도 나왔다. 지네들은 수많은 다리로 꾸물꾸물 움직이며 기분 나쁜 소리를 냈다. 벌레들이 계속 줄 지어 기어 나왔다. 개구리 군의 몸은—전에 개구리 군의 몸이었던 것은—여러 종류의 새까만 벌레들에 의해 구석구석까지 뒤덮였다. 커다랗고 둥근 두 개의 눈알이 눈구멍에서 분리되어 바닥에 떨어졌다. 강한 턱을 가진 검은 벌레들이 그 눈알에 꾀어들어 걸신들린 것처럼 먹어 치웠다. 앞을 다투듯이 지렁이 떼가 미끈미끈하게 병실 벽을 기어올라 이윽고 천장에 이르렀다. 그것들은 형광등을 뒤덮었고, 화재경보기 속으로 기어 들어갔다.

바닥에도 벌레들이 가득했다. 벌레들은 스탠드의 불빛을 뒤덮어서 그 빛을 차단했다. 물론 그것들은 침대 위로도 기어 올라왔다. 온갖 벌레들이 가타기리의 이불 속으로 들어왔다. 벌레들은 가타기리의 다리 위로 기어오르고, 잠옷 속으로 기어들고, 다리 가랑이 속으로도 들어왔다. 작은 구더기나 지렁이가 항문이나 귀, 코를 통해 몸 안으로 들어왔다. 지네들이 억지로 입을 열고 그 속으로 잇따라 들어왔다. 가타기리는 세찬 절망 속에서 비명을 질렀다.

누군가가 불을 켰다. 방 안에 빛이 넘쳐흘렀다.

"가타기리 씨" 하고 간호사가 불렀다. 가타기리는 환한 불빛 속에서 눈을 떴다. 온몸이 물에 빠진 것처럼 땀으로 흠뻑 젖어 있었다. 이미 벌레들은 없었다. 미끈미끈한 역겨운 감촉이 온몸에 남아 있을 뿐이었다.

"또 나쁜 꿈을 꾸고 있었군요. 가엾게도." 간호사는 재빨리 주사를 놓을 준비를 하고, 그의 팔에 바늘을 꽂았다.

가타기리는 크고 길게 숨을 들이쉬었다가 내쉬었다. 심장이 세차게 수축했다가 확장했다.

"대체 어떤 꿈을 꾼 건가요?"

어떤 게 꿈이고 어떤 게 현실인지 그 경계선을 구분할 수가 없었다. "눈에 보이는 게 반드시 진실이라고는 할 수 없어." 가타기리는 자기 자신에게 타이르듯이 말했다.

"그래요" 하고 간호사가 미소를 지었다. "특히 꿈의 경우는 말이에요."

"개구리 군" 하고 그는 중얼거렸다.

"개구리 군이 어떻게 됐나요?"

"개구리 군이 혼자 도쿄를 지진에 의한 파멸에서 구해냈어요."

"다행이군요" 하고 간호사가 링거액을 새로 바꾸었다. "다행이에요. 도쿄에 끔찍한 일은 더 이상 필요 없거든요. 지금 있는 것만으로 충분해요."

"하지만 그대신 개구리 군은 많이 다치고 없어져버렸어요. 아니면 본래의 혼탁 속으로 되돌아갔던가. 이젠 다시 돌아오지 않아요."

간호사가 미소를 띤 채 타월로 가타기리의 이마에 난 땀을 닦았다. "가타기리 씨는 정말 개구리 군을 좋아한 것 같네요."

"기관차" 하고 가타기리는 꼬부라진 혀로 말했다. "누구보다도." 그러고는 눈을 감고, 꿈이 없는 조용한 잠에 빠져들었다.

벌꿀
파이

◐

1

“곰 마사키치는 다 먹어 치울 수 없을 만큼 많은 벌꿀을 따서, 그걸 양동이에 담고 산에서 내려와 시장으로 팔러 갔단다. 마사키치는 벌꿀 따는 덴 도사였거든.”

“어떻게 곰이 양동이 같은 걸 갖고 다녀?” 하고 사라가 물었다.

준페이는 설명했다. “우연히 갖고 있었단다. 길에 떨어져 있는 걸 주워 왔거든. 언젠가 필요할지도 모른다는 생각에 말이야.”

“그럼 제대로 쓴 거구나.”

“그렇지. 곰 마사키치는 시장 한구석에 자리 잡고는, ‘맛있는 천연 벌꿀. 한 컵 가득 200엔’이라는 팻말을 세워놓고 벌꿀을 팔기 시작했어.”

"곰이 글씨도 쓸 줄 알아?"

"아니, 곰은 글씨를 못 쓰지" 하고 준페이는 말했다. "가까이에 있는 아저씨한테 부탁해 그렇게 연필로 쓴 거야."

"돈 계산은 할 수 있어?"

"그럼, 돈 계산은 할 수 있지. 마사키치는 어렸을 때부터 인간에게 사육되면서 말도 배우고 돈 계산을 하기도 해서 그런 일을 할 수 있게 된 거야. 원래 타고난 재주도 있었고."

"그럼 보통 곰들과는 조금 다른 거네."

"그렇지. 보통 곰들과는 좀 달라. 마사키치는 특별한 곰이야. 그래서 주변에 있는 특별하지 않은 곰들한테서 따돌림을 당하기도 했어."

"따돌림 당한다는 게 뭐야?"

"따돌림 당한다는 건, '뭐야, 저 녀석, 한 방 먹여줄까 봐' 라든가, 모두가 '흥' 하고 콧방귀를 뀌면서 상대해주지 않는 거야. 그래서 남들과 잘 어울릴 수 없지. 그중에서 특히 난폭한 돈키치가 마사키치를 싫어했어."

"마사키치가 불쌍해."

"그래, 불쌍해. 게다가 마사키치는 겉모습이 곰이라서 인간들로부터는 '계산을 할 줄 알건, 사람 말을 할 줄 알건 어차피 곰이잖아' 하고 무시당했어. 어느 쪽 세계로부터도 제대로 받아들여지지 않았던 거야."

"정말 불쌍하다. 마사키치한테 친구는 없었어?"

"응. 곰은 학교에 다니지 않기 때문에 다정한 친구들을 사귈 기회도 없었어."

"사라는 유치원에 친구 있는데."

"물론이지" 하고 준페이는 말했다. "물론 사라에겐 친구들이 있지."

"준짱도 친구들 있어?" 준페이 아저씨라는 호칭이 너무 길기 때문에 사라는 준페이를 간단하게 준짱이라고 불렀다.

"사라의 아빠는 아주 옛날부터 나랑 제일 친했던 친구야. 그리고 엄마도 가장 친한 친구고."

"다행이네. 친구가 있어서."

"그렇지" 하고 준페이는 말했다. "친구가 있어서 다행이야. 네 말대로."

준페이는 사라가 자기 전에 그 자리에서 즉석으로 꾸며낸 이야기를 들려주곤 했다. 사라는 이야기를 듣는 도중에도, 못 알아듣는 대목이 나오면 그때마다 질문했다. 준페이는 그때마다 일일이 정성스레 대답해줬다. 질문은 제법 날카롭고 흥미로웠으며, 대답을 생각하는 사이에 계속할 이야깃거리를 궁리해낼 수도 있었다.

사요코가 데운 우유를 쟁반에 받쳐 가져왔다.

"곰 마사키치 이야기를 듣고 있어" 하고 사라가 엄마에게 알려줬다. "마사키치는 벌꿀 따는 덴 도사인데 친구가 없대."

"그래? 마사키치는 큰 곰이니?" 하고 사요코가 물었다.

사라가 불안한 표정으로 준페이의 얼굴을 봤다. "마사키치는 커?"

"그렇게 크진 않아" 하고 준페이는 대답했다. "몸집이 작고 귀여운 곰이야. 사라하고 그렇게 다르지 않을 정도야. 성격도 온순하고. 음악도 펑크록이라든가 하드록 같은 음악은 듣지 않아. 혼자서 슈베르트를 듣곤 하지."

사요코가 「송어」의 멜로디를 허밍했다.

"음악을 듣다니, 마사키치는 CD 플레이어 같은 걸 갖고 있어?" 하고 사라가 준페이에게 물었다.

"어디선가 카세트 라디오가 떨어져 있는 걸 발견했어. 주워 가지고 온 거야."

"그렇게 여러 가지 물건이 산에 버려져 있을까?" 하고 사라가 의심스러운 목소리로 물었다.

"너무 험한 산이니까 거길 오르는 사람들이 모두 녹초가 돼버려서 별로 필요하지 않은 물건들을 하나씩 길바닥에 버리고 가는 거야. '이제 안 되겠다, 너무 무거워서 죽겠다, 양동이 같은 건 필요 없어, 카세트 라디오도 필요 없어' 하면서 말이야. 그래서 쓸 만한 물건들이 길바닥에 버려져 있는 거야."

"엄마도 그 기분 알 것 같아" 하고 사요코가 말했다. "뭐든지 다 버리고 싶을 때가 있거든."

"사라는 그런 적 없어."

"넌 욕심쟁이라서 그래" 하고 사요코가 말했다.

"욕심쟁이 아니야" 하고 사라가 항의했다.

"그건 사라가 아직 나이가 어려서 아주 튼튼하기 때문이야" 하고 준페이는 표현을 부드럽게 고쳤다. "하지만 빨리 우유를 마셔야 해. 그럼 곰 마사키치 이야기를 마저 해줄게."

"알았어" 하고 사라가 말했다. 그러고는 두 손으로 컵을 잡고 소중한 듯이 따끈한 우유를 마셨다.

"하지만 마사키치는 왜 벌꿀파이를 만들어 팔지 않는 걸까? 벌꿀만 파는 것보다 벌꿀파이를 만들어 팔면 마을 사람들도 좋아할 것 같은데."

"맞는 말이야. 그쪽이 이윤도 많이 남고 말이야" 하고 사요코가 웃으면서 말했다.

"부가가치에 의한 시장 창출. 이 아이는 창업가가 될 거야" 하고 준페이는 말했다.

사라가 침대로 돌아가 다시 잠든 건 새벽 두 시가 가까워서였다. 준페이와 사요코는 아이가 잠든 걸 확인하고 나서 부엌 테이블에 마주 앉아 캔 맥주를 절반씩 나누어 마셨다.

사요코는 그다지 술이 세지 않았고, 준페이는 이제 요요기 우에하라까지 차를 몰고 돌아가야 했다.

"밤중에 불러내서 미안해" 하고 사요코가 말했다. "하지만 어떻게 해야 좋을지 몰랐어. 피곤하고 괴로워서 엄두가 나지 않았어. 너 말고는 사라를 달래줄 만한 사람이 떠오르지 않았어. 간에게 전화를 걸 수도 없는 노릇이고."

준페이는 고개를 끄덕이면서 맥주를 한 모금 마시고 접시에 놓인 크래커를 집어 먹었다.

"나에 대해선 신경 쓰지 않아도 돼. 어차피 새벽녘까지 깨어 있을 몸이고, 밤에는 도로도 뚫려 있어. 대단한 수고도 아니고."

"일하고 있었어?"

"뭐 그렇지."

"소설 쓰고 있었어?"

준페이는 고개를 끄덕였다.

"잘돼가?"

"늘 똑같지 뭐. 단편을 쓰고 있어. 문예지에 실리는데, 아무도 읽지 않아."

"난 네가 쓴 건 하나도 빠짐없이 읽고 있어."

"고마워. 넌 참 친절한 사람이야" 하고 준페이는 말했다. "하지만 단편소설이라는 형식은 저 불쌍한 주판처럼 차츰 시대에 뒤처지고 있어. 뭐 그런 건 아무래도 좋아. 사라 얘기나 한번 해봐. 오늘 밤 같은 일이 여러 번 있었어?"

사요코가 고개를 끄덕였다. "여러 번 정도가 아냐. 요 근래에는 거의 매일이야. 한밤중에 히스테리를 일으키면서 벌떡 일어나곤 해. 그러고는 한동안 벌벌 떨어. 아무리 달래도 울음을 그치지 않아. 두 손 다 들었어."

"원인으로 짐작되는 거라도 있어?"

사요코가 따라놓은 맥주의 나머지를 마저 마시고, 빈 컵을 뚫어지게 바라봤다.

"아마 고베 지진을 다룬 뉴스를 너무 많이 본 탓인 것 같아. 그 영상들이 네 살배기 여자애에겐 너무 강한 자극이었나 봐. 지진이 일어났을 때부터 한밤중에 깨어나게 됐으니까. 사라 말로는 낯선 아저씨가 자기를 깨우러 온대. 그 사람이 지진 아저씨래. 그 남자가 사라를 깨우러 와서는 작은 상자 안에 집어넣으려고 한대. 상자가 사람이 들어갈 수 있을 만한 크기는 아니지만. 사라가 들어가기 싫다고 하면 억지로 손을 잡아끌고, 뚝뚝 관절을 꺾다시피 해서 억지로 밀어 넣으려 한다는 거야. 그래서 사라가 비명을 지르며 깨는 건가 봐."

"지진 아저씨?"

"그래. 키가 말쑥하게 크고 나이가 지긋한 남자래. 그런 꿈을 꾸고 나면 사라는 집 안에 있는 불이란 불은 다 켜놓고 여기저기 돌아다니면서 살펴. 옷장부터 신발장, 침대 밑, 장롱 서랍까지. 아무리 그건 꿈이라고 말해줘도 곧이들으려 하지 않아. 수색을 혼자 끝내고, 그 남자가 아무 데도 숨어 있지 않다는 걸 알고 나서야 겨우 안심하고 잘 수가 있어. 그러기까지 족히 두 시간은 걸리고, 그때쯤 되면 내 눈에선 잠이 달아나버려. 만성적인 수면 부족으로 이제 어질어질해. 일도 손에 잡히지 않을 정도야."

사요코가 그런 식으로 자기감정을 드러내는 것은 드문 일이었다.

"되도록 뉴스는 보여주지 않는 게 좋겠군" 하고 준페이는 말했다. "텔레비전도 당분간은 켜놓지 않는 게 좋겠어. 지금은 어느 채널에서나 지진 영상이 나오니까."

"텔레비전 같은 건 이제 거의 보지 않아. 하지만 소용없어. 그래도 지진 남자는 나타나는걸. 의사에게 가봤지만 기분을 가라앉히기 위해 수면제 같은 걸 주는 게 고작이야."

준페이는 잠시 그에 관해 생각했다.

"혹시 괜찮다면 이번 주 일요일 동물원에 가보지 않을래? 사라가 진짜 곰을 한번 보고 싶다니깐."

사요코가 눈을 가늘게 뜨고 준페이의 얼굴을 봤다.

"그것도 괜찮겠네. 기분 전환이 될지도 모르고. 좋아. 오랜

만에 넷이서 동물원에 가자. 간에겐 네가 연락해줄래?”

서른여섯 살인 준페이는 효고현 니시미야시에서 태어나 거기서 자랐다. 슈쿠가와의 조용한 주택지였다. 아버지는 시계 보석상을 했으며, 오사카와 고베에 점포를 하나씩 갖고 있었다. 그리고 여섯 살 터울의 여동생이 있었다. 준페이는 고베의 사립고교에서 와세다대학으로 진학했다.

경상학부와 문학부 양쪽에 합격했는데, 망설이지 않고 문학부를 택했지만 부모에겐 경상학부에 들어갔다고 거짓말을 했다. 문학부에는 학비를 대줄 것 같지 않았기 때문이다. 준페이는 경제를 공부하는 데 4년을 허비하고 싶지 않았다. 그가 바라는 것은 문학을 배우는 것, 더 구체적으로 말하면 소설가가 되는 것이었다.

교양 과정 수업에서 두 사람의 친한 친구를 만들었다. 한 사람은 다카쓰키(간짱)이고, 또 한 사람은 사요코였다. 다카쓰키는 나가노 출신으로, 고등학교 시절에는 축구부 주장을 했다. 키가 크고 어깨가 떡 벌어졌다. 1년 재수를 했기 때문에 준페이보다 한 살 위였다. 현실적이고 결단력 있고 붙임성 있는 얼굴이어서 어느 그룹에 들어가도 자연스레 리더십을 발휘할 타입이었지만, 책 읽는 것만은 질색이었다. 문학부에 들어온 것은 다른 학부 시험에서 떨어졌기 때문이었다. "그래도 상관없어. 신문기자가 될 생각이니까, 여기서 문장 쓰는 법이나 배워야지" 하고 그는 긍정적으로 말했다.

왜 다카쓰키가 자기 같은 사람에게 흥미를 갖게 되었는지, 준페이로서는 그 이유를 알 수 없었다. 준페이는 틈만 나면 혼자 방 안에 틀어박혀 언제까지나 싫증 내지 않고 책을 읽거나, 음악을 듣거나 하는 타입이어서 몸을 움직이는 데는 자신이 없었다. 낯가림을 하기 때문에 좀처럼 친구를 사귈 수도 없었다. 하지만 왠지 다카쓰키는 강의실에서 맨 처음 준페이를 봤을 때부터, 이 녀석을 친구로 삼자고 결정한 것 같았다. 그는 준페이에게 말을 걸고, 어깨를 가볍게 두드리며 괜찮다면 함께 식사라도 하러 가자고 권했다. 그날로 두 사람은 서로 마음을 터놓을 정도의 친구가 되었다. 한마디로 말해서 서로 죽이 맞았던 것이다.

다카쓰키는 준페이와 합세해서 똑같이 사요코에게 접근했다. 어깨를 가볍게 두드리며, 괜찮다면 셋이서 식사라도 같이하자고 말했다. 준페이와 다카쓰키와 사요코는 그렇게 해서 작고 친밀한 그룹을 형성하게 되었다. 그들은 늘 셋이서 행동했다. 강의 노트를 서로 보여주기도 하고, 대학 구내 식당에서 점심을 같이 먹기도 하고, 강의가 비는 시간에는 커피숍에 가서 장래를 논하기도 하고, 같은 곳에서 아르바이트를 하기도 했다. 또 심야 영화를 보러 가기도 하고, 록 콘서트에 가기도 하고, 도쿄 거리를 정처 없이 쏘다니기도 하고, 호프집에서 코가 비뚤어지게 맥주를 퍼마시기도 했다. 즉 전 세계의 모든 대학 1학년생들이 할 만한 일들을 한 셈이다.

사요코는 아사쿠사 출신으로, 아버지는 기모노 용품점을 경영하고 있었다. 몇 대째 이어진 오래된 점포로, 유명한 가부키 배우들이 단골로 드나드는 곳이라고 했다. 오빠가 둘 있는데, 한 사람은 가게를 물려받기로 되어 있었고, 또 한 사람은 건축설계 일을 하고 있었다. 그녀는 도요영화여학원 고등부를 나와 와세다대학 문학부에 진학했다. 대학원 영문과에 진학해서 연구자의 길로 들어서려고 생각하고 있었다. 책도 꽤 읽었다. 준페이와 사요코는 서로 읽은 책을 바꿔 보기도 했고, 소설을 읽고 열심히 이야기를 나누었다.

아름다운 머리카락과 지적인 눈을 지닌 아가씨였다. 말할 때는 순진하고 온화했지만, 심지가 강했다. 표정 있는 입매가 그 사실을 웅변하고 있었다. 언제나 간편한 옷차림을 하고 화장기도 없어서 화사하게 사람들의 눈길을 끄는 타입은 아니었지만, 독특한 유머 감각이 있었고 가벼운 농담을 할 때는 장난기 어린 얼굴이 한순간 살짝 찡그려지기도 했다. 준페이는 그 표정을 아름답다고 생각했다. 그녀야말로 자기가 찾아 헤매던 여자라고 확신했다. 사요코를 만나기 전에 사랑에 빠진 적은 한 번도 없었다. 남자 고등학교 출신인 데다 여자와 사귈 기회가 거의 없었기 때문이다.

그러나 준페이는 그런 마음을 사요코에게 털어놓을 수 없었다. 일단 말해버리면 다시는 돌이킬 수 없게 된다. 그렇게 되면 사요코가 어딘가 손이 닿지 않는 곳으로 사라져버릴지도 모른다. 그렇지 않다 하더라도 다카쓰키와 자신과 사요코와의 사이에 균형 있고 편안하게 성립되어 있는 지금의 관계가 미묘하게 깨져버릴지도 모른다. 한동안 이대로 있는 게 좋지 않을까, 준페이는 생각했다. 좀 더 두고 보자.

먼저 움직인 건 다카쓰키였다. "얼굴을 맞대고 이런 말을 느닷없이 하는 게 쑥스럽긴 하지만, 난 사요코를 좋아해. 그래도 상관없어?" 하고 그는 말했다. 9월 중순쯤의 일이었다. 여름방학 때 준페이가 간사이에 돌아가 있는 사이, 우연한 계기로 깊은 사이가 되어버렸다고 다카쓰키는 준페이에게 설명했다.

준페이는 상대방의 얼굴을 한동안 물끄러미 바라봤다. 사태를 이해하는 데 시간이 걸렸지만, 일단 이해하자 그 상황이 그의 온몸을 납처럼 무겁게 짓눌렀다. 거기엔 더 이상 선택의 여지가 없었다. "상관없어" 하고 준페이는 대답했다.

"잘됐다." 다카쓰키는 싱긋 웃으며 말했다. "네가 제일 신경 쓰였어. 모처럼 좋은 관계를 만들었는데, 내가 멋대로 빠져나와 혼자 달린 거 같아. 하지만 준페이, 이런 일은 언젠간 일어나고 말 일인 거야. 그건 이해해줘야 해. 지금 일어나지 않더라도 언젠가 어디에서건 일어났을 거야. 그건 그렇다 치고, 우리는 지금까지 그랬던 것처럼 셋이서 계속 친구로 지냈으면 해. 좋아?"

그로부터 며칠간 준페이는 구름 위를 걷는 듯한 기분으로 지냈다. 수업에도 나가지 않았고, 아르바이트도 무단으로 결근했다. 단칸짜리 아파트 방 안에 하루 종일 누워 뒹굴며, 냉장고에 남아 있던 얼마 안 되는 음식 외엔 아무것도 먹지 않았고, 가끔 생각난 듯이 술을 마셨다. 준페이는 대학을 그만둘 것을 진지하게 생각했다. 먼 곳, 아는 사람 하나 없는 도시로 가서 육체노동을 하며, 거기서 고독하게 한평생을 마치는 것이다. 그게 자신에게 가장 어울리는 삶처럼 여겨졌다.

학교에 나가지 않은 지 닷새째, 사요코가 준페이의 아파트로 찾아왔다. 감색 스웨터에 하얀 면바지를 입었고, 머리는 뒤로 묶어 올렸다.

"왜 줄곧 학교에 나오지 않은 거야? 방에서 죽어 있는 게 아닌가 하고 모두들 걱정하고 있단 말이야. 그래서 간짱이 나더러 가보라고 했어. 간짱은 시체를 보는 취미가 없나 봐.

의외로 소심한 구석이 있어."

몸이 좀 좋지 않았어, 하고 준페이는 말했다.

"그러고 보니 꽤 수척해진 것 같네." 사요코가 그의 얼굴을 들여다보며 말했다. "뭐 먹을 거라도 만들어줄까?"

준페이는 고개를 저었다. 식욕이 없어, 하고 말했다.

사요코가 냉장고 문을 열고 안을 들여다보고는 얼굴을 찡그렸다. 냉장고 안에는 캔 맥주 두 개와 시들어빠진 오이 한 개, 방취제만이 들어 있을 뿐이었다. 사요코는 준페이 옆에 다가가 앉았다. "준페이, 내가 이런 말 하긴 좀 쑥스럽지만 너, 나하고 간짱 때문에 기분이 상해 있는 거지?"

기분 상할 것도 없어, 하고 준페이는 말했다. 거짓말은 아니다. 기분이 상하거나 화가 나거나 한 것은 아니다. 만약 그가 화가 나 있었다면 그건 자기 자신에 대해서였다. 다카쓰키와 사요코가 연인 사이가 된 건 오히려 당연한 일이다. 아주 자연스러운 일이다. 다카쓰키에겐 그럴 자격이 있고 자신에겐 없는 것이다.

"저기, 맥주 반씩 나눠 마셔도 돼?" 하고 사요코가 물었다.

"좋아."

사요코는 냉장고에서 캔 맥주를 꺼내 두 개의 글라스에 나누어 따랐다. 그리고 하나를 준페이에게 건네줬다. 두 사람은 잠자코 맥주를 마셨다.

그러고 나서 사요코가 말했다. "저기, 이런 일을 새삼스레 입에 담는 건 부끄러운 일이긴 하지만, 너와는 앞으로도 다정한 친구로 남아 있고 싶어. 지금뿐 아니라 좀 더 나이를 먹어서도 계속. 난 간짱을 좋아하지만, 그것과는 다른 의미에서 너도 필요해. 이렇게 말하면 멋대로 하는 말 같니?"

준페이는 얼떨떨하긴 했지만 어쨌든 고개를 가로저었다.

사요코가 말했다. "뭔가를 알고 있다고 하는 것과 그걸 눈에 보이는 형태로 바꿔나간다는 건 별개의 이야기 같아. 그 두 가지 중 어느 쪽도 똑같이 잘돼가면 살아가는 게 훨씬 더 간단하겠지만 말이야."

준페이는 사요코의 옆모습을 봤다. 그녀가 무엇을 전하려고 하는 건지, 그로서는 이해할 수 없었다. 어째서 나는 이렇게도 머리가 잘 안 돌아갈까, 하고 그는 생각했다. 그는 천장의 벽지에 새겨져 있는 무늬를 오랫동안 의미 없이 바라봤다.

만약 다카쓰키보다 먼저 내가 사요코에게 사랑을 고백했더라면, 사태는 어떤 식으로 전개되었을까? 준페이로서는 짐작도 할 수 없었다. 다만 한 가지 알 수 있는 것은 그런 것은 어떤 식으로 굴러가도 일어날 수밖에 없었다는 사실뿐이었다.

눈물이 방바닥 위로 떨어지는 소리가 들렸다. 기묘하게

과장된 소리였다. 준페이는 한순간, 나도 모르는 사이에 내가 울고 있는 게 아닌가 생각했다. 하지만 울고 있는 건 사요코였다. 그녀는 무릎 사이에 얼굴을 묻고는 소리도 내지 않고 어깨를 들썩이고 있었다.

준페이는 거의 무의식적으로 손을 뻗어 사요코의 어깨 위에 얹었다. 그러고는 조용히 그녀의 몸을 끌어안았다. 저항은 없었다. 그는 사요코의 몸에 두 팔을 감고서 그녀 입술에 입술을 포갰다. 그녀는 눈을 감고 가벼이 입을 벌렸다. 준페이는 눈물 냄새를 맡으면서, 입술 사이로 그녀가 뿜어내는 숨결을 빨아들였다. 그리고 그녀의 두 유방의 부드러운 감촉을 가슴으로 느꼈다. 머릿속에선 뭔가가 크게 뒤바뀌는 듯한 감촉이 있었다. 그 소리도 들렸다. 온 세상의 관절이 마찰을 일으키는 듯한 소리였다. 하지만 그뿐이었다. 사요코는 의식을 되찾은 듯, 얼굴을 아래로 숙이고 그의 몸을 밀어냈다.

"안 돼" 하고 사요코가 고개를 가로저었다. "이건 아니야."

준페이는 사과했다. 사요코는 아무 말도 하지 않았다. 두 사람은 그런 모습으로 오랫동안 침묵에 빠져 있었다. 열린 창문으로 바람을 타고 라디오 소리가 들려왔다. 유행가가 은은히 귓전에 맴돌았다. 분명 이 노래는 죽을 때까지 잊히지 않을 거라고 준페이는 생각했다. 하지만 실제로는, 훗날 아무리 노력해도 그 곡의 제목도 멜로디도 생각나지 않았다.

"사과할 건 없어. 네 탓이 아니니까" 하고 사요코가 말했다.

"난 지금 너무 혼란스러워" 하고 준페이는 정직하게 말했다.

그녀는 손을 뻗어 준페이의 손 위에 포갰다.

"내일부턴 학교에 나올 거지? 난 이제까지 너 같은 친구를 가진 적이 없었어. 그만큼 넌 나한테 여러 가지를 준 거야. 그건 알고 있어."

"하지만 그것만으로는 부족해" 하고 준페이는 말했다.

"그렇지 않아." 사요코는 얼굴을 숙이고 체념한 듯이 말했다. "그런 건 아니지만."

준페이는 이튿날부터 강의실에 얼굴을 내밀었다. 그리고 준페이와 다카쓰키와 사요코는 대학을 졸업할 때까지 친밀한 관계를 유지했다. 이대로 어디론가 사라져버리고 싶다던 준페이의 한때 생각은 이상하리만치 깨끗하게 소멸해버렸다. 아파트 방 안에서 사요코를 끌어안고 입술을 포갰던 일로 인해 그의 내부에서 무엇인가가 제자리로 안정되었던 것이다. 적어도 더 이상 헤맬 필요는 없는 거야, 하고 준페이는 생각했다. 결단은 이미 내려진 것이다. 그 결단을 내린 게 그가 아닌 다른 사람이긴 했지만.

사요코가 준페이에게 고등학교 때 친구를 소개해서 네 사람이 같이 데이트한 적도 있었다. 준페이는 그중 한 사람과 교제하게 되어 처음으로 섹스를 했다. 스무 번째 생일이 되기 얼마 전이었다. 하지만 그의 마음은 언제나 다른 어딘가에 머물러 있었다. 준페이는 연인에게 언제나 예의 바르고 상냥하고 친절했지만, 정열적이거나 헌신적이었던 적은 한 번도 없었다. 준페이가 정열적이거나 헌신적일 때는 혼자 소설을 쓰고 있을 때뿐이었다. 연인은 그의 곁에 오래 머무르지 않았다. 진짜 따뜻한 사람을 찾아 곧 다른 곳으로 떠나버리곤 했다. 똑같은 일이 몇 번 되풀이되었다.

대학을 졸업한 후 그가 경상학부가 아니라 문학부를 다녔다는 게 탄로 남으로써, 준페이와 부모 사이가 험악해졌다. 아버지는 그가 간사이로 돌아와서 가업을 이어받길 원했지만 준페이는 그럴 마음이 전혀 없었다. 도쿄에서 소설을 계속 쓰고 싶다고 그는 말했다. 양자의 사이가 좋아질 가망은 없었고, 마침내 심한 언쟁이 벌어졌다. 차마 입에 담지 못할 말들이 오갔다. 그 이후 한 번도 얼굴을 마주하지 않았다. 친아들이긴 하지만 처음부터 사이가 원만할 수 없었다고 준페이는 생각했다. 부모의 비위를 잘 맞추는 누이동생과 달리, 준페이는 어릴 적부터 사사건건 부모와 부딪치기만 했다. 의절할까, 하고 준페이는 쓴웃음을 지었다. 그는 마치 다이쇼 시대의 문필가 같았다.

준페이는 취직하지 않고 아르바이트로 먹고살면서 소설을 썼다. 당시 준페이는 작품을 다 쓰면 우선 사요코에게 먼저 보여주고 그녀의 솔직한 느낌을 들었다. 그리고 그녀의 충고에 따라 고쳐 썼다. 그녀가 '이만하면 됐다'고 말할 때까지 몇 번이고 꼼꼼하고 끈기 있게 고쳤다. 준페이에겐 소설을 가르쳐주는 스승도 없었고 동료도 없었다. 사요코의 충고만이 희미하게 기댈 수 있는 인도引導의 등불이었다.

그러다가 스물네 살 때 쓴 단편소설이 한 문예지의 신인상을 탔고, 아쿠타가와상 후보에도 올랐다. 그후 5년 동안 아쿠타가와상 후보에 모두 네 번 올랐다. 괜찮은 성과였다. 하지만 끝내 그 상을 타지는 못하고 만년 유력 후보에 머물렀다. '이 나이의 신인으로서는 문장력도 좋고, 정경 묘사와 심리 묘사도 무난한 편이지만, 군데군데 감상적으로 흐르는 경향이 있고, 참신성과 소설적인 전망이 부족하다'는 것이 대표적인 평이었다.

다카쓰키는 그 평을 읽고 웃었다. "이 녀석들은 모두 머리가 돈 거 같아. 소설적인 전망이란 게 대체 뭐야? 제대로 된 사회인이라면 그런 말은 쓰지 않아. '오늘의 전골은 소고기적인 전망이 부족하다'는 식의 말을 하는 건가?"

서른 살이 되기 전에 준페이는 단편소설집을 두 권 냈다. 첫 번째 책은 『빗속의 말馬』, 두 번째는 『포도』였다. 『빗속의 말』은 1만 부가 팔렸고, 『포도』는 1만 2천 부 팔렸다. 순문학을 하는 신인 작가의 단편집치고는 나쁘지 않은 숫자라고 담당 편집자는 말했다. 신문이나 잡지 서평도 대부분 호의적이었지만, 그렇다고 해서 특별히 열렬한 지지도 보이지 않았다.

준페이가 쓰는 단편소설은 주로 젊은 남녀의 보상받지 못하는 사랑의 경과를 다루고 있었다. 결말은 언제나 어둡고 다소 감상적이었다. 잘 썼다,고 누구나 말했다. 하지만 문학의 유행으로부터는 틀림없이 벗어나 있었다. 그의 스타일은 서정적이었고 줄거리는 어딘지 모르게 고풍스러웠다. 같은 나이대의 일반 독자들은 좀 더 신선하고 기발한 문체와 이야기를 찾고 있었다. 아닌 게 아니라 지금은 컴퓨터 게임과 랩 뮤직이 판치는 시대인 것이다. 편집자는 그에게 장편소설을 써보는 게 어떻겠냐고 권했다. 단편소설만 계속 쓰다 보면 아무래도 비슷한 소재가 되풀이되기 마련이고, 소설 세계도 거기에 맞춰 야위어간다. 그럴 때는 장편소설을 쓰는 것에 의해 새로운 세계가 전개되는 경우가 많다. 현실적인 면에서도 단편소설보다는 장편소설 쪽이 세간의 이목을 끌기 쉽고, 직업적인 작가로서 오래 활동할 작정이라면 단편만 쓰는 건 약간 고달플지도 모른다. 단편소설만 써서 생활해나간다는 건 간단한 문제가 아니다.

그러나 준페이는 타고난 단편 작가였다. 방 안에 틀어박혀 다른 모든 잡일을 제쳐두고, 고독 속에서 숨을 몰아쉬며 사흘 동안 작품 초고를 완성한다. 그후 나흘에 걸쳐서 완성된 원고를 뽑아낸다. 물론 그런 다음 사요코와 편집자에게 읽어봐달라고 해서, 몇 번이나 세밀하게 고쳐 쓰는 작업을 했다. 하지만 기본적으로 단편소설은 처음 일주일간이 승부처다. 중요한 것은 모두 거기서 결판이 난다. 그런 작업방식이 그의 성격에 맞았다. 짧은 기간의 철저한 집중. 응축된 이미지와 언어. 장편소설을 쓰려고 할 때면 준페이는 늘 곤혹스러웠다. 몇 달에 걸쳐, 또는 1년 가까이 도대체 어떻게 그토록 오랫동안 의식의 집중을 유지하며 끈기 있게 버텨나갈 수 있단 말인가. 그는 그런 페이스를 유지할 수 없었다.

장편소설을 써보려고 몇 번 시도했지만, 그때마다 여지없이 실패한 뒤에 준페이는 체념했다. 좋건 싫건 단편소설 작가로서 살아갈 수밖에 없다고 생각했다. 그것이 자신의 스타일인 것이다. 아무리 노력해도 다른 인격체가 될 수는 없다. 뛰어난 2루수가 홈런 타자가 될 수 없는 것처럼.

준페이는 단출한 독신생활을 하고 있었기 때문에 많은 생활비는 필요치 않았다. 먹고살 만큼의 수입을 확보하면 그 이상의 일은 맡지 않았다. 좀처럼 울지 않는 얼룩 고양이를 길렀다. 요구가 많지 않은 여자친구를 사귀다가 사이가 틀어지면 미련 없이 헤어졌다. 가끔 한 달에 한 번 정도 묘한 시간에 잠이 깨서 지독한 불안감을 느낄 때가 있었다. 아무리 올라가려고 발버둥 쳐도 나는 결국 어디에도 갈 수 없다는 걸 실감했다. 그럴 때는 책상 앞에 앉아 억지로라도 일을 하거나, 일어날 수 없을 때까지 술을 마셨다. 그걸 제외하면 그런대로 조용하고 평탄한 인생이었다.

다카쓰키는 희망대로 일류 신문사에 취직했다. 공부를 하지 않았기 때문에 대학 성적은 뛰어나지 않았지만, 면접 때의 인상이 압도적으로 좋았다. 그래서 눈 깜짝할 사이에 합격이 결정되었다. 사요코 역시 희망대로 대학원에 진학했다. 졸업하고 나서 반년 후 두 사람은 결혼했다. 다카쓰키답게 화려하고 북적대는 결혼식이었고, 신혼여행지는 프랑스였다. 그야말로 순풍에 돛을 단 듯한 시작이었다. 그들은 고엔지에 있는 방 두 개짜리 맨션을 샀고 준페이는 일주일에 두세 번 거기에 놀러 가서 저녁 식사를 함께했다. 신혼부부는 준페이의 방문을 진심으로 환영해줬다. 두 사람만 딸랑 있는 것보다는 준페이가 끼는 편을 도리어 마음 편하게 여길 정도였다.

다카쓰키는 신문기자 일을 즐겼다. 그는 우선 사회부에 배치되어 현장에서 현장으로 뛰어다녔다. 그러면서 많은 시체들을 봤다. 덕분에 시체를 봐도 아무 느낌이 없게 됐어, 하고 그는 말했다. 차바퀴에 깔려 짓눌린 시체, 불에 검게 탄 시체, 썩어 변색된 오래된 시체, 부풀어 오른 익사체, 산탄총에 뇌가 날아가버린 시체, 톱에 머리와 두 팔이 절단된 시체. "살아 있을 때는 다소 차이가 있지만, 죽으면 다 똑같아. 쓰다 버린 육체의 껍질이지."

너무 바빠서 아침때까지 귀가하지 못한 적도 종종 있었다. 그럴 때 사요코는 준페이에게 전화를 자주 걸었다. 준페이는 늘 새벽녘까지 깨어 있었고, 사요코는 그걸 알고 있었다.

"지금 작업 중이니? 이야기해도 괜찮아?"

"그럼. 딱히 하고 있는 일도 없으니까" 하고 준페이는 늘 대답했다.

두 사람은 최근 읽은 책 이야기를 하고, 일상생활에서 일어난 일에 관해 이야기했다. 그러고 나서는 옛날이야기를 했다. 자유롭고 거침없고 우발적이었던 젊은 시절의 일들을. 미래에 대해서는 거의 이야기하지 않았다. 그런 이야기를 하고 있으면 늘 어느 시점에서 사요코를 끌어안았을 때의 기억이 되살아났다. 입술의 감촉과 눈물 냄새, 젖가슴의 부드러운 느낌이 바로 조금 전에 일어났던 일인 것처럼 그의 주변에 서려 있었다. 아파트 방바닥 위에 내리쬐던 초가을의 투명한 햇살을 다시 눈으로 볼 수도 있었다.

서른 살을 넘기자 곧 사요코는 아이를 가졌다. 그때 그녀는 대학에서 조교로 일하고 있었는데, 출산 휴가를 얻어 여자애를 낳았다. 세 사람이 아이 이름을 제각기 지었는데, 준페이가 제안한 '사라'라는 이름이 채택되었다. 소리의 울림이 멋지네, 하고 사요코는 말했다. 무사히 아이를 출산한 날 밤, 준페이와 다카쓰키는 사요코가 없는 맨션에서 오랜만에 마주 앉아 술을 마셨다. 부엌 테이블을 사이에 두고 준페이가 축하 선물로 가져온 싱글 몰트 위스키를 한 병 비웠다.

"왜 이렇게 순식간에 시간이 흘러가버리는 걸까" 하고 다카쓰키는 보기 드물게 감회 어린 목소리로 말했다. "바로 요 며칠 전에 대학에 들어간 것 같은 기분이 들어. 거기서 너를 만났고, 사요코를 만났고…. 그런데 정신을 차려보니 아이까지 생겨버렸어. 내가 아빠가 된 거야. 빠르게 돌아가는 영화를 보는 것 같아 어쩐지 묘한 느낌이야. 하지만 넌 모를 거야. 너 같은 사람은 아직 학창 생활을 계속하는 것 같을 거야. 난 네가 부러워."

"부러워할 정도는 아닌 것 같은데."

그러나 준페이도 다카쓰키의 기분을 알 것 같았다. 사요코가 엄마가 되어버린 것이다. 그건 준페이에게도 충격적인 사실이었다. 인생의 톱니바퀴가 끼리릭 하고 메마른 소리를 내며 한 칸 전진해, 더 이상 원래 자리로 되돌아가지 않는다는 것이 확인된 것이다. 그에 대해 어떤 감정을 가지면 되는 것일까, 준페이로서는 아직 잘 알 수 없었다.

"이제 와서 하는 얘기지만, 원래 사요코는 나보다 너한테 더 마음이 쏠렸던 것 같아" 하고 다카쓰키는 말했다. 그는 꽤 취해 있었다. 그러나 눈빛은 평소보다 진지했다.

"설마" 하고 준페이는 웃으면서 말했다.

"설마가 아냐. 난 알고 있었어. 하지만 넌 모르고 있었을 거야. 넌 진짜 마음에 쏙 드는 아름다운 글을 쓸 줄 알아. 하지만 여자의 기분에 대해서는 익사체보다 더 둔감했어. 어쨌든 난 사요코가 좋았고, 그녀를 대신할 만한 여자는 어디에도 없었어. 그래서 손대지 않을 수 없었던 거야. 지금도 난 사요코가 세상에서 가장 멋진 여자라고 생각해. 그리고 내겐 사요코를 가질 권리가 있었다고 생각해."

"아무도 반대하지 않아" 하고 준페이는 말했다.

다카쓰키는 고개를 끄덕였다. "하지만 넌 아직도 정말로 모르고 있어. 왜냐하면 넌 구제할 수 없는 바보이기 때문이야. 하지만 바보라도 상관없어. 그다지 나쁜 인간은 아니니까. 무엇보다 우리 딸아이 이름을 지어줬잖아."

"하지만 그건 그거고, 중요한 건 아무것도 모르고 있어."

"맞아. 그건 그거고, 넌 중요한 걸 진짜 아무것도 모르고 있어. 아무것도. 그래도 소설은 잘 쓰고 있더군."

"확실히 소설은 별개야."

"어쨌든 이로써 우린 네 사람이 됐어." 다카쓰키는 가벼운 한숨 같은 걸 내쉬었다. "하지만 어떨까? 네 사람이라는 게 과연 올바른 숫자일까?"

2

다카쓰키와 사요코의 관계가 파국을 맞고 있다는 사실을 알게 된 건 사라가 두 번째 생일을 맞이하기 얼마 전이었다. 사요코는 다소 미안해하며 준페이에게 그 사실을 털어놓았다. 사요코가 임신해 있을 때 이미 다카쓰키에게 애인이 있었고, 지금은 거의 집에 들어오지 않는다고 했다. 상대는 직장 동료 여성이었다. 하지만 아무리 구체적으로 설명을 들어도 준페이로서는 제대로 납득할 수 없었다. 다카쓰키는 왜 다른 여자를 만날 수밖에 없었을까. 사라가 태어난 날 밤, 그는 사요코가 세상에서 가장 멋진 여자라고 단언했다. 그건 마음속으로부터 우러나온 말이었다. 그리고 다카쓰키는 딸 사라를 몹시 사랑했다. 그런데도 왜 가정을 버리지 않으면 안 되었을까?

"난 툭하면 너희 집에 가서 식사를 함께하곤 했어. 그렇지? 하지만 그런 낌새는 전혀 눈치채지 못했어. 행복해 보였고, 내 눈엔 거의 완벽한 가정이었거든."

"그건 그 말대로야. 그랬지" 하고 사요코는 온화하게 미소 지으며 말했다. "일부러 거짓말을 했다든가 연기를 했던 건 아니야. 하지만 그것과는 별개로 그이에겐 애인이 있고, 원래대로 되돌아갈 수도 없어. 그래서 우린 헤어지기로 결정했어. 하지만 너무 깊이 신경 쓰진 마. 그러는 게 훨씬 좋을 거야, 여러 가지 의미에서."

여러 가지 의미에서,라고 그녀는 말했다. 이 세상은 난해한 언어 구사로 가득 차 있구나, 하고 준페이는 생각했다.

몇 달 후 사요코와 다카쓰키는 정식으로 이혼했다. 두 사람 사이에 몇 가지 구체적인 결정이 이루어졌고, 트러블은 전혀 없었다. 비난을 주고받지도 않고, 주장이 엇갈리지도 않았다. 다카쓰키는 집을 나가 애인과 함께 살았고, 사라는 엄마와 살게 되었다. 일주일에 한 번, 다카쓰키는 사라를 보러 고엔지로 갔다. 그때는 되도록 준페이가 함께 자리한다는 게 세 사람 사이의 양해 사항이었다. 그렇게 하는 편이 자기들에게도 편하기 때문이라고 사요코는 준페이에게 말했다. 그렇게 하는 편이 편하기 때문이라고? 준페이는 자신이 몹시 나이를 먹은 것 같은 느낌이 들었다. 나는 아직 서른세 살밖에 안 됐는데.

사라는 다카쓰키를 '파파'라고 불렀고, 준페이를 '준짱'으로 불렀다. 네 사람은 기묘한 가족 아닌 가족을 만들어냈다. 얼굴을 마주하면 다카쓰키는 여느 때와 같은 어조로 유쾌하게 떠들어댔고, 사요코는 아무 일도 없었다는 듯 자연스러운 척을 했다. 준페이의 눈에는 그녀가 도리어 전보다 더 자연스러운 척하고 있는 것처럼 보이기조차 했다. 사라는 엄마 아빠가 이혼했다는 사실을 아직 이해하지 못하고 있었다. 준페이는 어정쩡한 상태로 그들 사이에 끼어, 주어진 역할을 제대로 수행했다. 세 사람은 전과 마찬가지로 농담을 주고받았고 옛날 추억담을 늘어놓기도 했다. 준페이가 이해할 수 있는 것이라고는, 그런 자리가 그들 모두에게 없어서는 안 되는 것이라는 사실뿐이었다.

"이봐, 준페이" 하고 귀갓길에 다카쓰키가 말했다. 1월의 밤이라 뿜어내는 입김이 하얗게 서렸다. "너 혹시 누군가와 결혼할 마음 있냐?"

"지금 당장은 없는데" 하고 준페이는 대답했다.

"정해놓은 연인은?"

"없는 것 같은데."

"그럼 어때, 사요코와 함께 사는 건 싫어?"

준페이는 마치 눈부신 무언가를 보는 듯한 눈으로 다카쓰키의 표정을 살폈다. "어째서?"

"어째서?" 오히려 그가 더 놀란 눈치였다. "어째서라니, 그런 건 정해져 있는 거 아닌가. 무엇보다 너 외의 누구도 사라의 새아빠가 되는 걸 원치 않기 때문이야."

"단지 그 때문에 나와 사요코가 결혼해야 한다는 거야?"

다카쓰키는 한숨을 쉰 후 준페이의 어깨를 굵은 팔로 감쌌다. "사요코와 결혼하는 게 싫어? 나 다음으로 사요코 남편이 되는 게 싫어?"

"그런 게 아냐. 내가 마음에 걸리는 건, 그런 식으로 마치 거래하듯이 해도 괜찮을까 하는 거지. 그건 서로의 체면 문제야."

"이건 거래 같은 게 아냐" 하고 다카쓰키는 말했다. "체면과는 상관없어. 넌 사요코를 좋아하잖아. 그리고 사라도 좋아하잖아. 내 말 틀렸어? 그게 가장 중요한 거 아닌가. 네겐 너 나름의 까다로운 삶의 방식이 있을 거야. 그건 나도 알아. 하지만 내 눈엔 바지를 입은 채 팬티를 벗으려 하는 것으로밖에 보이지 않아."

준페이는 아무 말도 하지 않았다. 다카쓰키도 침묵을 지켰다. 다카쓰키가 그토록 오랫동안 침묵에 빠져든 건 드문 일이었다. 두 사람은 하얀 입김을 내뿜으며 어깨를 나란히 하고 역까지 걸었다.

"아무튼 넌 변변치 못한 바보야" 하고 준페이는 마지막으로 말했다.

"그건 맞는 말이야" 하고 다카쓰키는 말했다. "진짜로 그 말이 맞아. 부정하지 않겠어. 난 내 인생을 잘못 살고 있어. 하지만 말이야, 준페이. 이건 어떻게 해볼 수 없는 일이었어. 멈출 수 없는 일이었지. 어째서 그런 일이 일어났는지 나도 알 수가 없어. 변명도 할 수 없어. 하지만 그건 일어날 일이었어. 지금이 아니라도 언젠가 똑같은 일이 일어났을 거야."

똑같은 대사를 전에도 들은 적이 있는 것 같은데, 하고 준페이는 생각했다. "사요코는 세상에서 가장 멋있는 여자라고, 사라가 태어나던 날 밤 나한테 분명히 말했잖아. 기억하고 있냐? 무엇과도 바꿀 수 없는 여자라고 말이야."

"그건 지금도 마찬가지야. 그에 관해서는 아무것도 바뀐 게 없어. 하지만 뜻대로 되지 않는 일도 세상엔 있는 거야."

"그런 말을 들어도 난 영 모르겠는걸."

"넌 영원히 모를 거야" 하고 다카쓰키는 말했다. 그러고는 고개를 저었다. 대화의 마지막 말은 늘 그가 했다.

두 사람이 이혼한 지 2년이 지났다. 사요코는 대학으로 돌아가지 않았다. 준페이는 잘 아는 편집자에게 부탁해서 번

역 일감을 사요코에게 맡겼고, 그녀는 그 일을 잘 해냈다. 그녀는 어학에 재능이 있는 데다 문장력도 좋았다. 일도 신속하고 꼼꼼하고 요령 있게 잘했다. 편집자는 사요코의 업무 태도에 감동해서, 그다음 달에는 문학작품 전체를 번역해달라고 일감을 맡겼다. 원고료가 그리 많진 않았지만, 다카쓰키가 다달이 보내오는 생활비에 보태면 모녀 둘이서 부족하지 않은 생활을 할 수 있었다.

다카쓰키와 사요코와 준페이는 여전히 일주일에 한 번씩 모였고, 사라까지 넷이서 함께 식사를 했다. 급한 일이 생겨 다카쓰키가 올 수 없는 날도 있었는데, 그럴 땐 사요코와 준페이와 사라, 셋이서 식사를 했다. 다카쓰키가 없으면 식탁은 조용했다. 이상하리만치 조용하고 일상적인 자리가 되었다. 속 모르는 사람이 함께 앉았다면 영락없이 진짜 가족이라고 생각했을 것이다.

준페이는 꾸준하고 착실하게 단편소설을 계속 써나가, 서른다섯 살에 네 번째 단편소설집 『침묵하는 달』을 출판했고, 그 책으로 중견 작가에게 수여되는 문학상을 받았다. 표제작은 영화화되기도 했다. 소설을 쓰면서 몇 권의 음악 평론집을 출판했고, 정원庭園에 대한 책을 썼고, 존 업다이크의 단편집을 번역했다. 어느 것이나 다 호평을 받았다. 그는 자신만의 독특한 문체를 갖고 있었고, 소리의 깊은 울림이

나 빛의 미묘한 색조를 간결하면서도 설득력 있는 문장으로 바꿀 수 있었다. 고정 독자층을 확보했고, 수입도 나름대로 안정되었다. 그는 조금씩 확실하게 작가로서의 기반을 굳혀나갔다.

사요코에게 청혼하는 것에 관해 준페이는 끊임없이 진지하게 생각했다. 하룻밤을 꼬박 생각하다가 아침이 되어서도 잠을 이루지 못한 적이 몇 번이나 있었다. 어떤 때는 거의 일이 손에 잡히지 않았다. 하지만 여전히 준페이는 결심이 서지 않았다. 생각해보면 준페이와 사요코의 관계는 일관되게 다른 누군가의 손에 의해 결정되었다. 그는 늘 수동적인 입장에만 서 있었다. 사요코와 그를 만나게 해준 건 다카쓰키였다. 다카쓰키가 동급생 중에서 두 사람을 선택해 3인조를 구성했다. 그후 다카쓰키는 사요코를 붙잡아 결혼했고, 아기를 만들고는 이혼했다. 그리고 지금 사요코와 결혼할 것을 준페이에게 권하고 있다. 물론 준페이는 사요코를 사랑하고 있다. 그건 의문의 여지가 없는 사실이다. 지금이 그녀와 결합할 절호의 찬스가 아닌가. 아마도 사요코는 청혼을 거절하지 않을 것이다. 그것도 잘 알고 있다. 하지만 지나치게 절묘하다,고 준페이는 생각했다. 그렇게 생각하지 않을 수가 없었다. 자신이 결정할 사항은 도대체 어디에 있는가?

그는 계속 망설였다. 그러나 결론은 나오지 않았다. 그리고 지진이 찾아왔다.

지진이 일어났을 때 준페이는 스페인에 있었다. 항공사의 기내 잡지를 위해 바르셀로나에서 취재를 하고 있었다. 저녁 무렵 호텔로 돌아와 텔레비전 뉴스를 켰더니, 붕괴된 시가지와 솟아오르는 검은 연기가 화면에 비치고 있었다. 마치 폭격을 맞은 듯했다. 스페인어 방송이었기 때문에 준페이는 어느 도시인지 얼마 동안 알 수가 없었다. 하지만 아무리 봐도 고베였다. 눈에 익은 풍경이 몇 장면 눈에 띄었다. 허름한 집들 부근에 고속도로가 무너져 있었다. "준페이 씨는 고베 출신이 아닌가요?" 하고 동행한 카메라맨이 물었다.

"맞아요."

그러나 그는 본가에 전화를 걸지 않았다. 부모와 준페이 사이의 불화가 너무나도 깊게, 오랫동안 계속되었기 때문에 거기에는 더 이상 회복 기미가 보이지 않았다. 준페이는 비행기를 타고 도쿄로 와서 그대로 일상생활로 돌아갔다. 텔레비전도 켜지 않았고, 신문도 제대로 펴보지 않았다. 지진 이야기가 화제에 오르면 입을 다물었다. 그것은 아득한 옛날 땅속에 묻어버린 과거로부터 들려오는 메아리였다. 대학을 졸업한 이후로 그는 그 도시에 발을 들여놓은 일조

차 없었다. 그럼에도 불구하고 화면에 비친 황폐한 풍경은 그의 마음속 깊이 감추어져 있던 상처의 흔적을 생생하게 드러냈다. 그 거대하고 치명적인 재해는 그의 생활 양상을 조용히, 그러나 뿌리부터 변화시켜버린 듯했다. 준페이는 지금까지 맛보지 못했던 깊은 고독을 느꼈다. 뿌리라고 할 만한 게 없구나, 하고 그는 생각했다. 어디에도 마음을 붙일 곳이 없었다.

곰을 보러 동물원에 가기로 약속했던 일요일 아침 일찍 다카쓰키로부터 전화가 걸려왔다. 그는 지금 오키나와로 가지 않으면 안 된다고 말했다. "오키나와현 지사와의 단독 인터뷰가 잡혔어. 겨우 한 시간 짬을 내준다는 거야. 미안하지만 동물원에는 나를 빼고 가줬으면 해. 내가 가지 않더라도 곰 아저씨는 별로 기분 나빠 하지 않을 거야."

준페이와 사요코는 사라를 데리고 셋이서 우에노동물원에 갔다. 준페이는 사라를 안아 올려 곰들을 보여줬다.

"저게 마사키치야?" 가장 큰 새까만 곰을 가리키며 사라가 물었다.

"아냐, 저건 마사키치가 아냐. 마사키치는 좀 더 작고 영리하게 생겼어. 저건 난폭한 돈키치야."

"돈키치야!" 하고 사라가 곰을 향해 몇 번 외쳤다. 하지만 곰은 들은 척도 하지 않았다. 사라는 준페이에게 고개를 돌렸다. "준짱, 돈키치 얘기해줘."

"그건 곤란한데. 솔직히 말하면 돈키치에 관해선 그다지 재미있는 얘기가 없어. 돈키치는 흔히 볼 수 있는 곰과 다를 게 없거든. 마사키치와 달리 말도 할 줄 모르고 돈 계산도 할 줄 모르니까."

"하지만 뭔가 한 가지라도 좋은 면이 있을 텐데."

"확실히 그건 그래" 하고 준페이는 말했다. "네가 옳아. 아무리 흔해빠진 곰이라도 좋은 구석이 한 가지쯤은 있지. 그래, 그래, 깜빡했어. 돈치키는…."

"돈키치잖아" 하고 사라가 틀린 곳을 날카롭게 지적했다.

"아, 미안. 돈키치는 말이지, 연어를 잡는 것만큼은 도사야. 개천에서 바위 그늘에 숨어 있다가 확 덤벼들어 연어를 잡아. 몸놀림이 빠르지 않고는 그렇게 할 수 없지. 돈키치는 머리가 그리 좋진 않지만 그 산에 사는 어떤 곰보다도 더 많은 연어를 잡을 수 있었어. 다 먹을 수 없을 만큼 많은 연어를 잡았지. 하지만 사람 말을 할 줄 모르기 때문에 남은 연어를 시장에 내다 팔 수 없었어."

"간단하잖아?" 하고 사라가 말했다. "그렇담 남은 연어와 마사키치가 갖고 있는 벌꿀을 서로 바꾸면 되잖아. 마사키치도 다 먹을 수 없을 만큼 많은 벌꿀을 갖고 있었다면서."

"그래, 그래. 맞는 말이야. 돈키치도 사라와 아주 똑같은 생각을 했단다. 둘은 연어와 벌꿀을 서로 맞바꿨고, 그때부터 서로를 더 잘 이해할 수 있게 됐어. 서로 알게 되니 마사키치는 결코 엉큼하거나 아니꼬운 녀석이 아니었고, 돈키치 역시 그냥 난폭하기만 한 녀석이 아니었어. 그렇게 해서 둘은 친구가 되었지. 길을 가다가 서로 마주치면 여러 가지 이야기를 나눴어. 서로 지식을 교환하기도 하고 농담도 주고받았어. 돈키치는 열심히 연어를 잡았고, 마사키치는 열심히 벌꿀을 모았어. 그런데 어느 날, 마른하늘에 날벼락이라고 할까, 연어가 개천에서 사라져버렸지 뭐야."

"마른하늘에…?"

"마른하늘에 날벼락? 갑자기,라는 뜻이야" 하고 사요코가 설명했다.

"갑자기 연어가 없어져버렸단 말이지?" 사라의 얼굴이 어두워졌다. "왜?"

"세상에 있는 모든 연어들이 모여 회의를 했어. 그래서 그곳 개천에 가는 걸 이제 그만두기로 정한 거야. 그 개천에는 연어 잡는 데 도사인 돈키치가 있으니까 말이야. 그때부터 돈키치는 연어를 한 마리도 잡을 수 없게 됐어. 가끔 비쩍 마른 연어를 잡아 끼니를 때우는 게 고작이었지. 하지만 세상에서 마른 연어만큼 맛없는 건 없거든."

"가엾은 돈키치" 하고 사라가 말했다.

"그래서 돈키치가 동물원으로 오게 된 건가?" 하고 사요코가 물었다.

"그렇게 되기까지는 긴 이야기가 있지만" 하고 준페이는 말했다. 그러고는 헛기침을 했다. "어쨌든 기본적으로는 그렇게 된 거지."

"마사키치는 힘들어진 돈키치를 도와주지 않았어?" 하고 사라가 물었다.

"물론 마사키치는 돈키치를 도와주려고 했지. 친구 사이잖아. 친구란 그런 때를 위해 있는 거야. 마사키치는 돈키치에게 공짜로 벌꿀을 나눠줬어. 그런데 돈키치는 '그렇게까지 하지 않아도 돼. 그렇게 하다간 네 호의에 익숙해지게 돼' 하고 말했어. 마사키치는 '그런 남에게나 하는 예의 차리는 말은 하지 마. 만약 입장이 반대라면 너도 똑같은 일을 했을 거야. 그렇지 않니?' 하고 말했지."

"그래" 하고 사라가 강하게 고개를 끄덕였다.

"하지만 그런 관계는 오래 계속되지 않았어" 하고 사요코가 끼어들었다.

"그런 관계는 오래 계속되지 않았지" 하고 준페이는 말했다. "돈키치는 말했어. '나와 넌 친구 사이로만 있어야 해. 어느 한쪽이 주기만 하고, 다른 한쪽이 받기만 하는 건 진짜 친구 사이에서는 있어선 안 될 일이야. 마사키치, 난 산을 내려갈 거야. 새로운 곳에서 다시 한번 나 자신을 시험해 보고 싶어. 어디선가 다시 만나게 된다면 거기서 다시 친구가 되자.' 둘은 악수를 하고 헤어졌어. 하지만 산을 내려왔을 때, 사냥꾼이 그물을 놓아 세상 물정 모르는 돈키치를 사로잡았지. 돈키치는 자유를 빼앗기고 동물원에 보내졌어."

"불쌍한 돈키치."

"좀 더 멋진 방법은 없었어? 가령 모두 다 행복하게 살았다든지" 하고 사요코가 나중에 물었다.

"아직 생각이 떠오르지 않아" 하고 준페이는 말했다.

그 일요일 저녁에 세 사람은 여느 때처럼 고엔지에 있는 사요코의 맨션에서 식사를 했다. 사요코는 「송어」의 멜로디를 허밍하면서 파스타를 삶고 토마토소스를 녹이고, 준페이는 강낭콩과 양파 샐러드를 만들었다. 두 사람은 레드와인을 따서 글라스에 부어 한 잔씩 마시고, 사라는 오렌지주스를 마셨다. 설거지를 마치고 난 뒤, 준페이는 다시 사라에게 그림책을 읽어줬다. 읽기를 마치자 사라가 잠자리에 들 시간이 되었다. 하지만 사라는 잠자기를 거부했다.

"엄마, 브래지어 끄르기 하자." 사라가 사요코에게 말했다.

사요코의 얼굴이 빨개졌다. "안 돼. 손님 계시는 데서 그런 거 해달라고 하면."

"이상하네. 준짱은 손님 아니잖아."

"대체 뭔데, 그게?" 준페이가 물었다.

"시시한 게임이야" 하고 사요코가 말했다.

"옷을 입은 채로 브래지어를 끌러서 테이블 위에 놓고 그걸 다시 차는 거야. 한쪽 손은 언제나 테이블 위에 올려놔야 하고. 그러면서 시간을 재는 거야. 엄마는 되게 잘해."

"얘가 정말." 사요코가 고개를 저으며 말했다. "집 안에서 하는 싱거운 놀이야. 그런 걸 남들 앞에서 해보라면 곤란하잖아."

"하지만 재미있을 것 같은데" 하고 준페이가 말했다.

"제발, 준짱에게도 보여줘. 한 번만이라도 좋으니까. 해주면 사라도 곧 자러 갈 거야."

"할 수 없군." 사요코가 디지털 손목시계를 풀어서 사라에게 건넸다. "진짜로 분명히 자는 거야. 그럼, 준비— 시작, 하면 할 테니까 시간을 재도록 해."

사요코는 두툼한 검정 크루넥 스웨터를 입고 있었다. 그녀는 두 손을 테이블 위에 얹고 "준비— 시작" 하고 말했다. 먼저 오른손을 거북이처럼 스웨터 소매 안에 슬쩍 집어넣었다. 그리고 등을 가볍게 긁는 것 같은 모습을 했다. 그다음 오른손을 꺼내고, 이번에는 왼손을 소매 안에 집어넣었다. 고개를 가볍게 돌리며 왼손을 소매에서 꺼냈다. 손안에는 하얀 브래지어가 있었다. 정말 재빨랐다. 와이어가 들어있지 않은 작은 브래지어였다. 그것은 이내 소매 안에 집어넣어졌고, 왼손이 소매에서 나온 뒤 이번에는 오른손이 소매 안으로 들어가고, 등이 꾸물꾸물 움직이고, 오른손이 나오고, 모든 동작이 끝났다. 테이블 위에 두 손이 포개어졌다.

"25초" 하고 사라가 말했다. "엄마, 엄청난 신기록이야. 제일 빠른 게 36초였잖아."

준페이는 박수를 쳤다. "야, 놀라운데. 꼭 마술 같아."

사라도 박수를 쳤다.

사요코가 일어서서 말했다. "자, 이것으로 쇼는 끝났어요. 약속대로 침대에 들어가 주무세요."

사라는 자러 가기 전 준페이의 뺨에 뽀뽀를 했다.

사라가 잠든 숨소리를 내는 것을 확인하고 나서 거실 소파로 돌아온 사요코가 고백했다. "사실, 내가 꾀를 부렸어."

"꾀를 부리다니?"

"브래지어를 차지 않았거든. 차는 척하고 스웨터 소매를 통해 바닥에 떨어뜨린 거야."

준페이는 웃었다. "몹쓸 엄마군."

"하지만 신기록을 내고 싶었어." 사요코가 눈을 가늘게 뜨고 웃었다. 그녀가 그토록 자연스러운 미소를 보인 것은 굉장히 오랜만이었다.

창가의 커튼이 바람에 나부끼듯이 준페이의 몸속에서 시간의 축이 흔들렸다. 준페이가 사요코의 어깨에 손을 뻗자, 그녀가 그 손을 잡았다. 그러고 나서 소파 위에서 두 사람은 서로를 끌어안았다. 지극히 자연스럽게 서로의 몸에 팔을 감고, 입술을 포갰다. 열아홉 살 때부터 모든 게 어느 것 하나 바뀌어 있지 않은 것처럼 여겨졌다. 사요코의 입술에서는 똑같이 달콤한 향기가 났다.

"우린 처음부터 이랬어야 했어." 침실로 옮긴 후 그녀가 나지막이 말했다. "하지만 당신만 모르고 있었어. 아무것도 모르고 있었지. 연어가 개천에서 사라져버릴 때까지."

두 사람은 벌거벗고 조용히 서로를 끌어안았다. 난생처음으로 섹스하는 소년 소녀처럼 상대방 신체의 모든 부분을 서툴게 더듬었다. 오랜 시간에 걸쳐 서로를 확인하고 나서, 준페이는 간신히 사요코의 안으로 들어갔다. 그녀는 끌어안듯 그의 남성을 받아들였다. 하지만 준페이로서는 그것이 현실에서 일어난 일로 여겨지지 않았다. 희미한 여명 속에서 끝없이 이어지는, 사람 없는 기나긴 다리를 건너는 것 같았다. 준페이가 몸을 움직이자 사요코가 리듬을 맞추었다. 몇 번이나 사정을 하고 싶었지만, 준페이는 참았다. 한

번 사정해버리고 나면, 꿈에서 깨어 모든 게 사라져버리고 말 것 같은 느낌이 들었기 때문이다.

그때 등 뒤에서 가볍게 삐걱 하는 소리가 들렸다. 침실 문이 슬그머니 열리는 소리였다. 복도의 불빛이 열린 문 사이로 흐트러진 침대 커버 위를 비췄다. 준페이가 몸을 일으켜 돌아보니 빛을 등지고 사라가 서 있었다. 사요코는 숨을 삼키고, 허리를 젖혀 준페이의 페니스를 빼냈다. 침대 커버를 가슴께로 끌어당기며 한 손으로 앞머리를 매만졌다.

사라는 울지도, 소리치지도 않았다. 그냥 그 자리에 서서 방문 손잡이를 오른손으로 꽉 쥔 채, 두 사람 쪽을 보고 있었다. 하지만 실제로는 아무것도 보고 있지 않았다. 사라의 눈은 어딘가에 있는 공백을 향하고 있을 뿐이었다.

"사라야" 하고 사요코가 말을 걸었다.

"아저씨가 이 방으로 가보라고 했어" 하고 사라가 말했다. 마치 꿈속에서 금방 빠져나온 것처럼, 억양이 없는 목소리였다.

"아저씨?"

"지진 아저씨" 하고 사라가 대답했다. "지진 아저씨가 와서 사라를 깨우더니 엄마한테 말하라고 했어. 모두를 위해 상자 뚜껑을 열고 기다리고 있다고. 그렇게 말하면 알 거라고."

그날 밤 사라는 사요코의 침대에서 잤다. 준페이는 담요를 갖고 나와서 거실 소파에 누웠다. 하지만 잘 수가 없었다. 소파 맞은편에 텔레비전이 있었다. 그는 한참 동안 텔레비전의 죽은 화면을 바라봤다. 그 안쪽에 그들이 있다. 준페이는 알고 있었다. 그들은 상자 뚜껑을 열고 기다리고 있는 것이다. 등줄기에 오한이 일었고 시간이 지나도 사라지지 않았다.

잠자기를 포기하고 부엌에 가서 커피를 끓였다. 테이블 앞에 앉아 커피를 마시고 있을 때, 발밑에 뭔가 바삭바삭한 것이 떨어져 있는 게 느껴졌다. 사요코의 브래지어였다. 게임할 때 벗어놓은 그대로 있었던 것이다. 그는 그걸 주워 올려 의자 등받이에 걸었다. 장식 없이 심플한, 의식을 잃은 흰 속옷이었다. 그다지 큰 사이즈는 아니다. 동트기 전의 부엌 의자 등받이에 걸려 있는 그것은 먼 과거의 어느 시점에서 갈피를 못 잡고 날아든 익명의 증언자처럼 보였다.

대학에 들어갔을 때의 일을 그는 되새겨봤다. 강의실에서 맨 처음 얼굴을 마주 대했을 때 다카쓰키의 목소리가 귓전에 들려왔다. "야, 함께 식사나 하러 가자." 따스한 목소리가 그렇게 말했다. 얼굴에는 '자, 이제부터 세상은 갈수록 좋아지게 될 거야'라는 듯한, 상냥하고 붙임성 있는 미소 띤 표정이 떠올랐다. 그때 우리가 어디서 무엇을 먹었지? 준페이는 그게 도무지 기억나지 않았다. 대단한 게 아니었다는 건 확실하지만.

"어째서 나랑 식사하자고 한 거지?" 하고 준페이는 그때 질문했다. 다카쓰키는 웃으면서 관자놀이를 집게손가락 끝으로 자신만만하게 눌렀다. "난 언제 어디서나 진짜배기 친구를 찾아내는 재능을 갖고 있거든."

다카쓰키는 틀리지 않았다. 커피잔을 앞에 놓고 준페이는 그렇게 생각했다. 다카쓰키에겐 확실히 올바른 친구를 식별해내는 재주가 있었다. 하지만 그것만으로는 충분하지 않다. 인생이라고 하는 장거리 여행을 하면서 누군가 한 사람을 계속 사랑한다는 것은, 좋은 친구를 만나는 것과는 또 다른 일이다. 그는 눈을 감고 자기 속을 통과해 사라진 기나긴 시간에 대해 곰곰이 생각했다. 그것이 무의미한 소모였다고는 생각하고 싶지 않았다.

날이 새고 사요코가 눈을 뜨면 곧 청혼을 하자. 준페이는 그렇게 결심했다. 더 이상 헤매진 않겠다. 더 이상 한시도 헛되이 할 순 없다. 준페이는 소리 나지 않게 침실 문을 열고, 이불을 덮고 자고 있는 사요코와 사라의 모습을 바라봤다. 사라는 사요코에게서 등을 돌린 채 잠들어 있고, 사요코는 딸의 어깨에 가볍게 손을 얹고 있었다. 준페이는 베개 위에 헝클어져 흘러내린 사요코의 머리카락을 손으로 매만졌다. 그러고 나서 사라의 조그마한 핑크빛 볼에 손가락을 갖다 댔다. 두 사람 다 꼼짝도 하지 않았다. 그는 침대 한쪽 모퉁이의 카펫이 깔린 바닥에 주저앉아 벽에 기댄 채 불침번을 섰다.

준페이는 벽에 걸린 시계의 바늘을 바라보면서 사라에게 들려줄 이야기의 끝을 생각했다. 마사키치와 돈키치의 이야기다. 일단 이 이야기에서 출구를 찾아내지 않으면 안 된다. 돈키치가 쓸데없이 동물원으로 보내졌다거나 해서는 안 된다. 거기에는 구원이 있어야 한다. 준페이는 이야기의 흐름을 다시 한번 처음부터 되짚어봤다. 그러는 사이에 막연했던 아이디어가 그의 머릿속에서 싹을 틔워 조금씩 구체적인 형태를 취해갔다.

'돈키치는 마사키치가 모아 온 벌꿀로 벌꿀파이를 구워야겠다는 생각이 떠올랐다. 조금 연습을 하고 난 뒤 자기한테 바삭바삭한 맛있는 벌꿀파이를 굽는 재주가 있다는 것을 알았다. 마사키치는 그 벌꿀파이를 시장에 가지고 가서 사람들에게 팔았다. 사람들이 마음에 들어 해서 벌꿀파이는 날개 돋친 듯이 팔렸다. 돈키치와 마사키치는 서로 헤어지는 일 없이 산속에서 행복하게 친구로 살아갈 수 있었다.'

사라는 틀림없이 그 새로운 결말에 기뻐할 것이다. 아마 사요코도.

지금까지와는 다른 소설을 쓰자, 하고 준페이는 생각한다. 날이 새어 주위가 밝아지고, 그 빛 속에서 사랑하는 사람들을 꼭 껴안고, 누군가가 꿈꾸며 애타게 기다리고 있는 것 같은 그런 소설을. 하지만 지금은 우선 여기에 있으면서 두 여자를 지키지 않으면 안 된다. 상대가 누구든, 영문 모를 상자 속에 넣어지게 해선 안 된다. 설사 하늘이 무너져 내린다 해도, 대지가 소리를 내며 갈라진다 해도.

20세기 말의 끝과
뉴 밀레니엄의 시작을 알린 문제작

몇 편의 하루키 작품을 번역했지만, 이 연작소설처럼 재미있고 깊이 있는 작품과의 만남은 처음이었다. 본래 그의 작품은 누구나 흥미진진하게 읽을 수 있는 대중성과 심오한 문학성을 아울러 갖추고 있다. 하지만 이 연작소설처럼 다양한 독법이 있을 수 있는 작품은 일찍이 보지 못했다.

그 때문에 일본에서 이 작품에 관한 여러 자료를 입수하여, 되도록 정확하고 적절한 번역을 완성하려고 노력했다. 원어를 직역하면 도저히 그 뜻을 전달하기 어려운 경우에는 한국의 작가라면 이 대목을 어떻게 표현했을까, 하는 기준을 가지고 의역하기도 했다.

연작소설 『신의 아이들은 모두 춤춘다』는 무라카미 하루키가 2000년대의 출발점을 그은 책인 동시에 20세기 말의 최후를 그은 책이라고, 하루키 연구의 권위자인 스즈무라 가즈나리는 평가했다. 그는 하루키가 최초로 시도한 이 연작소설을 통해 종전의 내향적인 성향에서 사회에 대한 관심을 작품에 반영해 영향력을 행사하려는 '사회파'로 전환적 징조를 보인 사실을 예리하게 지적했다.

'고도자본주의 사회'에 붕 떠 있는 감성을 큰 비판 없이 받아들이고 현실을 추인하는 문학이라고 비판받기도 했던 하루키의 작품 경향이 종전과 판이한 모습을 보이기 시작한 것은 이른바 버블경제의 붕괴와 옴진리교 지하철 사린 사건, 그리고 고베 대지진 같은 돌발 사건에 큰 충격을 받고 어떤 시대적 사명을 자각했기 때문이라는 해석이 유력하다. 옴진리교 사건에 깊은 관심을 갖고 쓴 대작 『언더그라운드』 출간 직후의 한 인터뷰에서 하루키는 이렇게 말했다.

"그 책을 쓰기 위해 취재하면서, 매일 아침 만원 전철에 시달리며 통근이나 통학을 하고 있는 보통 사람들의 일을 생각하는 것이 매우 소중하다는 것을 깨달았다."

『신의 아이들은 모두 춤춘다』는 여섯 편의 단편 모두 모두 고베 대지진이 있은 지 1개월 후를 시간적 배경으로 하고 있다. 지진의 여파에 따른 화재와 건물 붕괴, 교통사고 등으로 수많은 목숨을 앗아간 고베 대지진은 일본인들에게 쉽게 아물지 않을 상처와 상실감을 남겼다. 1995년 1월 17일

고베시를 중심으로 간사이 지방을 휩쓴 대지진은 대부분의 시민이 잠에서 깨어나기 전인 새벽 5시 45분에 터졌다. 진원 깊이 17.9킬로미터, 진도 7.2의 강진은 생지옥 같은 죽음의 불바다를 빚어냈다. 이 지진으로 무수한 주택이 잿더미로 변하고, 고층 건물은 성냥갑을 짓밟은 것처럼 납작하게 파괴되었다. 사망자 6,300여 명, 부상자 4만여 명, 완파 가옥 10만 채, 파손 가옥 40만 채에 피해 총액은 100조 엔 이상으로 추산되었다. 72년 전인 1923년의 간토 대지진에 맞먹는 대참변이었다.

『신의 아이들은 모두 춤춘다』의 모티프에 대해 하루키는 한 인터뷰에서 이렇게 밝혔다. "당초 연작소설을 통괄하는 제목은 '지진의 뒤에'라고 정했다. 모두 1995년 2월에 일어난 이야기를 엮은 것인데, 그해 2월은 1월의 고베 대지진과 3월의 지하철 사린 사건 사이에 있는 공백이다. 나는 그 한 달간에 흥미가 있었기 때문에 그달에 일어난 일을 픽션으로 그려내되 전부 다른 등장인물로 하고 3인칭으로 쓰려고 결심했다."

이 연작소설은 고베 대지진을 모티프로 하고 있지만, 여섯 편의 단편 모두 지진 현장과는 직접적인 관계가 없는 지역과 사람들이 등장하며, 지진에 대한 직접적인 묘사도 없다. 그저 지진 현장에 대한 상상이나 기억이 구심점을 이루면서 이야기가 전개되고, 지진으로 인한 비참한 상황이나 피해자들의 고통과 상실감, 또는 피해의 수습을 말하는 것과는 거리가 멀다.

그러나 하루키가 애초에 이 연작소설의 통괄 제목을 '지진의 뒤에'로 정한 것은, 이제야말로 자기만의 세계를 유지해가는 것이 아니라, 1인칭의 시야를 넘어서는 커다란 연대감과 공감을 축으로 해야 한다는 하루키 자신의 결의의 표명이며, 그것은 마지막 단편 「벌꿀파이」에서 소설가인 준페이가 진지하게 다짐하는 말에서도 입증되고 있다. 어두운 밤을 지새운 준페이는 밝은 빛 속에서 "사랑하는 사람들을 꼭 껴안고, 누군가가 꿈꾸며 애타게 기다리고 있는 것 같은 그런 소설"을 쓰자고 생각한다. "설사 하늘이 무너져 내린다 해도, 대지가 소리를 내며 갈라진다 해도." 작품 속 준페이의 말이 곧 하루키 자신의 말임을 쉽게 짐작할 수 있다.

이 연작소설은 지진 같은 천재나 옴진리교 사린 사건 같은 인재로 흐려진 사회 분위기를 소설적으로 정화하고, '모닥불'이 꺼진 뒤의 으스스한 추위에서 새로운 한 발을 내딛기 위한 기도와 염원을 담고 있다고도 풀이된다. 현대 사회의 살벌함을 부각하면서 선택된 자뿐만 아니라 만인에게 열린 기도, 겸허하지만 진지한 기도가 이 소설 속에 담겨 있다고 지적하는 평론가도 있다.

어쩌면 『상실의 시대』에서 절실하게 물었던 '나는 지금 어디에 서 있는가'라는 물음에 하루키는 이제야 서서히 답변한 것지도 모른다. 이제 독자들은 사회적인 문제를 작품에 접목시키며 더욱 성숙해진 하루키의 문학 세계를 기대해도 좋을 것이라고 믿는다.

신의 아이들은 모두 춤춘다

1판 1쇄 2000년 8월 10일
2판 1쇄 2010년 10월 8일
3판 1쇄 2024년 11월 18일

지은이 무라카미 하루키
옮긴이 김유곤

펴낸이 임지현
펴낸곳 (주)문학사상
주소 경기도 파주시 회동길 363-8, 201호(10881)
등록 1973년 3월 21일 제1137호

전화 031) 946-8503
팩스 031) 955-9912
홈페이지 www.munsa.co.kr
이메일 munsa@munsa.co.kr

ISBN 978-89-7012-356-1 03830